表御番医師診療録13

不治

上田秀人

角川文庫
21462

目次

主要登場人物

●矢切良衛《やきりりようえい》
江戸城中での診療にあたる表御番医師。今大路家の弥須子と婚姻。息子の一弥を儲ける。その後、御広敷番医師へ出世する。

●真野《まの》
本所、深川の顔役となった浪人。良衛に仲間の命を救われ、協力関係になる。

●今大路兵部大輔《いまおおじひようぶだゆう》
幕府の典薬頭。良衛の妻・弥須子の父。

●徳川綱吉《とくがわつなよし》
第五代将軍。良衛の長崎遊学を許す。

●柳沢吉保《やなぎさわよしやす》
将軍綱吉の信頼する側近。小納戸から、側用人に取りたてられる。

第一章　実と名

一

幕府医師になると町医者でも名が売れる。いや、名が売れたからこそ町医者に幕府医師にという話が来る。

幕府医師に選ばれるというのは名医であるとの保証であった。

「なにとぞ、矢切《やきり》先生に往診をお願いいたしたく」

いつものように下城し、屋敷に戻った良衛《りょうえい》を見事な塗りの駕籠《かご》が待っていた。

「往診でござろうか」

「はい。当家の御内儀さまを診ていただきたく、お迎えに参じましてございまする」

確認した幕府御広敷番《おひろしきばん》医師矢切良衛に、行列の差配をしている番頭が応じた。

「求めがあれば、患家《かんか》のもとへ赴くのが医師の務め。御入り用とあれば喜んで参上つかまつりましょうが、すでに来患の方々が診察をお待ちでござれば、すぐにとは参りませぬ」

「承知いたしております。お見えの方々のご治療を終えられるまで、控えておりますので」

申しわけなさそうに言う良衛へ番頭が大丈夫だと告げた。

いつ帰って来るかわからない良衛を待っていたのだ。往診を求める患家が急を要するものではないとわかる。良衛の行動を番頭が認めた。

「さようであるか。では、そうさせていただこう。三造《さんぞう》、早速に初めの方を診療室へご案内いたせ」

良衛が玄関で待機していた三造に指図した。

「棟梁《とうりょう》」

三造が待合の座敷へ声をかけた。

「先生、よろしいのでござんすか」

待合の座敷から診療室に入ってきた大工の棟梁が、玄関のほうを見ながら気遣った。

「往診のことか」

「へい。あの番頭さんの顔を見たことがありやしてね」

棟梁が半纏《はんてん》を脱ぎながら続けた。

「あの番頭さんは、日本橋本石町《にほんばしほんこくちょう》の青物問屋高島屋《たかしまや》の御仁でござんすよ」

「日本橋本石町の高島屋どの……」

自ら買いものに出ることなどほとんどない良衛は、高島屋のことを知らなかった。

「ご存じねえ……こいつは驚きだ」

諸肌《もろはだ》脱ぎになった棟梁が目を大きくした。

「大店《おおだな》なのかの」

背中を向かせた棟梁の腰を触りながら、良衛が問うた。

「なのかじゃござんせんや。高島屋といえば、お城出入りも許されている青物問屋で、御三家《ごさんけ》方や加賀《かが》の前田《まえだ》さま、薩摩《さつま》の島津《しまづ》さま、仙台《せんだい》の伊達《だて》さまなどそうそうたるお歴々の御台所を預かっておられやす」

「ほう、それはすごいな。江戸城の台所にも青物を納めているのか」

良衛が感心した。

「他にも江戸《えど》中の大店とお付き合いがあり、蔵には小判が唸《うな》るほど詰まっているという噂で」

棟梁が説明した。

「そこのお内儀が患家らしいのだが、なにか棟梁は聞いているか」

腰から背骨へと指を滑らせながら、良衛が問うた。

奥方とは旗本以上の武士の妻の呼び名で尊称に近い。いかに大店でも幕臣の良衛が商家の妻を奥方というわけにはいかなかった。

「お内儀さまが……たしか、高島屋さんはつい三年ほど前に後添いをもらわれたばかりで、当時、二十も歳の違う若い女を嫁にするとはと随分話題になりやしたが」

棟梁が首をかしげた。

「後添いか、高島屋どののお内儀は……ここは痛むか」

「あつうう。そこで」

言いながら背筋の一ヵ所を指で押した良衛に棟梁が呻《うめ》いた。

「ふむ、まだずれておるな。そこへ横になられよ」

「へい」

良衛の指示に棟梁が従った。

「ちょっと我慢せい」

「お手柔らかにお願《ねげ》えしやす」

耐えろと言った良衛へ棟梁が願った。

「……むん」

「おあおう」

良衛の気合いと棟梁の苦鳴が続いた。

「三造、そこの湿布薬を」

「はい」

言われた三造が良衛の作った湿布薬を手渡した。

「冷たいぞ」

宣してから良衛が湿布薬を木篦《きべら》で棟梁の背中に塗った。

「……高島屋さんの前のお内儀は一緒になって五年をこえるのに子供ができないということで実家へ帰されたそうで」

冷たさに耐えながら棟梁が述べた。

「子供ができないからの離縁か。大店ともなると厳しいことだ」

良衛が首を左右に振った。

「まあ、縁切り金として千両出したとかで、実家も文句なしに前妻さんを引き取られたとか」

「千両……とんでもないな」

金額に良衛が驚いた。

その辺りの長屋の男女が別れるときは用意してきた道具類を引き取り、もし持参金があればそれを返すだけで、縁切り金なぞは出ない。

ちょっとましな町人となれば、離縁の理由が妻の密通だ浪費癖だなどでないかぎり、五両から十両出すことが多い。

日本橋の大店でも百両出せばかなりのものであった。

「子ができぬのならば、外に……よし」

将軍ならば大奥、大名なら側室、町人ならば妾《めかけ》と手立ては他にもある。なにも妻を離縁せずともすむ。

良衛ははっきりと言わずに匂わし、湿布を貼り終えた。

「さあ、その辺はよくわかりやせん。まあ、俗に畳と女房は新しいほうがいいと言いますからね」

治療が終わったことを悟った棟梁が立ちあがった。

「今度は」

「そうよな。かなりましになってきている。湿布薬を出しておくゆえ、毎日風呂《ふろ》上がりに替えてもらってくれ。薬がなくなってまだ痛むようなら来てくれればよい」

次はいつ来ればいいかと質問した棟梁に良衛がもういいと答えた。

「助かりやす。先生は勝負が早い。他じゃあ、なんやかんやと半年は引っ張られやす」

「医者は元気な者に用はないでな」

棟梁と良衛が笑い合った。

「……次の患家を」

来ていた患者を診終わるのに一刻《とき》（約二時間）弱かかった。

「今の患家で終わりにございまする」

見送りに出た三造が戻ってきて報告した。

「そうか。では、往診に行こう」

良衛が腰を上げた。

「お待たせいたした。お内儀さまを拝診させていただきに参ろうと思うが、どのようなご病状か教えてもらいたい。それによって持っていく薬や道具が変わる」

駕籠脇でずっと立っていた番頭へ良衛が問いかけた。

「それがわたくしではわかりかねまする。一度、先生に直接診ていただかねば」

番頭が首を左右に振った。

「それでは、今日はなにもできぬかも知れぬが」

良衛が無駄足になると危惧《きぐ》した。

「主《あるじ》からそれで構わぬと申しつかっております る」

なにもできなくても往診にかかる代金は支払うと番頭が匂わせた。

「患家の望みとあれば、それでもよいが……三造、薬箱に一通りのものを入れてくれ」

「承知いたしました」

いくら認められているとはいえ、なにもせずに金をもらうのは気詰まりである。

良衛はできる限りの用意をした。

「行ってくる」

「お気を付けて」

良衛が駕籠に乗り、三造が見送った。

本来ならば薬箱を持って三造が供をするのだが、良衛が五代将軍綱吉《つなよし》の異変に気づいてから妻子が狙われたこともあり、留守を預けていた。

「さて……」

駕籠が辻《つじ》を曲がるまで見送った三造が門脇の小屋へ入り、置かれていた太刀と脇《わき》差《ざし》を手にした。三造は良衛によって家士《かし》に取り立てられ、帯刀を許されていた。もとより良衛の父蒼衛《そうえい》から戦場剣術を教えこまれている三造である。堂々と両刀を手にできる身分を与えれば、大きな戦力になる。

「奥さまと一弥《いちや》さまへの手出しはさせぬ」

小屋を出た三造が門の外へ目をやった。

医者の門は閉じられてはならない。夜中であろうが正月であろうが、急患は来る。命の瀬戸際を受けいれられぬ医師など、その意味を半減させる。

表門を閉められぬという致命的ともいえる防御の穴を持つ矢切家を守るために、三造が玄関へ陣取った。

深川《ふかがわ》の矢切家から日本橋本石町の高島屋までは駕籠で一刻近くかかった。

「ようこそお出《い》でくださいました。当家の主高島屋伝左《でんざ》エ《え》門《もん》でございまする」

青物問屋は食べものを扱う。表から医者が出入りするのは外聞が悪い。店の裏手へ着いた良衛を恰幅《かっぷく》の良い中年の商人が出迎えた。

「幕府御広敷番医師矢切良衛でござる」

駕籠から出た良衛が挨拶《あいさつ》を返した。

肩書きというのは、医者にとって大きい。肩書きで診るわけではないから、幕府医師となる前と後で良衛の腕が変化したわけではない。もちろん、研鑽《けんさん》を重ねたぶんの進化はあるが、基本は同じである。

しかし、他人は肩書きで判断する。とくに初対面の相手は肩書きで対応を変えることが多い。ましてや高島屋伝左ェ門は幕府の御用達《ごようたし》である。幕府の権威が身に染みている。つまりは良衛の医術の腕への信頼を最初から与えられるのだ。

患家あるいはその家族から信頼を受けられるかどうかで、治りが変わった。

「先生のおかげで気分がよくなりました」

不安がなくなるだけで患家は落ち着く。

「いただいたお薬が効きました」

同じ薬でも効果に大きな差が出てくる。

理屈はよくわかっていないが、まさに「病は気から」であった。

「どうぞ、奥へ」

高島屋伝左ェ門の案内で奥へ通された良衛は茶菓の振る舞いを受けた。

「……お内儀のご調子が悪いとのことでござるが、どのような」

「お話しする前に、一つ確認をさせていただいても」

良衛の求めに高島屋伝左ェ門が伺いを立てた。

「なんでもお訊《き》きくだされ」

「ありがとうぞんじまする」

許可を出した良衛に一礼して高島屋伝左ェ門が口を開いた。

「矢切先生は、御広敷番お医師でいらっしゃる」

「うむ」

「お伝《でん》の方さまを診ておられる」

「畏《おそ》れ多いことであるがな」

「それはお伝の方さまに和子《わこ》さまを宿されるため」

「…………」

そこまで来て、良衛は一気に警戒を強めた。

良衛はほんの少し前まで、幕府からの指図をもって長崎《ながさき》へ遊学、最新の南蛮《なんばん》流医術を学んできた。そのなかに書物で読んだだけとはいえ、産科術があった。

「子を産ませよ」

嫡男徳松《とくまつ》を失った綱吉は跡継ぎを欲しがり、良衛が南蛮流産科術の秘を修めてきたと勘違いし、お伝の方の診療を命じた。

「上様の和子を産めば……」

当然、他の女たちが目の色を変える。

将軍の子供を産めば、女子であってもただの中臈《ちゅうろう》からお腹《はら》さまへと格が上がる。もし、それが男子で嫡子になればご母堂さまとなり、それこそ栄燿《えいよう》栄華《えいが》も思いのままになる。実家は大名に取り立てられ、生母は死ぬまで大奥の主として君臨できる。

金や出世を餌に良衛をとりこもうとする者は後を絶たなかった。それならまだいい。暴力や脅しで秘術を寄こせと迫ってくる者もいた。

「ああ、申しわけございませぬ」

良衛の雰囲気が変わったことに気づいた高島屋伝左ェ門があわてて詫《わ》びた。

「矢切先生をどうこうしようなどとは思っておりませぬ。上様のご信頼厚いお医師さまになにかしでかしたとあらば、わたくしの首は飛びまする」

高島屋伝左ェ門が手を振った。

「ではなんだ」

警戒をしたままで良衛が尋ねた。

「南蛮流産科術を教えていただきたいなどとは申しませぬ。教えていただいたところで、わたくしどもでは扱えませぬ」

高島屋伝左ェ門が最初に秘術を欲しがっているわけではないと言った。

「家内を診ていただきたいのでございまする。わたくしに子ができぬ理由を知りたいのでございまする。もちろん、子ができるためならばなんでもするつもりでおりまする」

「お内儀を娶《めと》られてどれくらいになる」

すでに知っているとは言えなかった。下調べをされていたと報《しら》されるのは気持ちの悪いものだと良衛はわかっている。それでも白紙で患家のもとへいくよりはましだと考えているため、棟梁へ質問を重ねていたのだ。だが、それを正直に話す意味はなかった。

「三年に少し欠けまする」

「……三年ならばまだできなくてもおかしくはないと思うが」

告げた高島屋伝左ェ門へ良衛が首をかしげてみせた。

「じつは、今の妻は三人目でございまして」

「三人目……」

聞いていた話よりも一人多いことに良衛が驚いた。

「どの女も身体が丈夫で兄弟の多い家の娘でございましたが……」

子ができないと高島屋伝左ェ門がため息を吐いた。

「失礼だが……できないのであって、亡くされたわけではないのでござるな」

七歳までは神のうちという言葉がある。七歳になるまでに子供が死んでもそれは神のもとへ戻っただけだというような意味で、残された親が悪いわけではないとの慰めであった。

「死にも流れもございませぬ」

高島屋伝左ェ門が苦い顔をした。

「となれば……」

「はい。今度の妻に問題がなければ、わたくしが……」

気を遣って最後まで口にしなかった良衛へ高島屋伝左ェ門がうなずいた。

「もし、そうならば、潔く子をあきらめて親戚《しんせき》から養子を迎えようかと」

親は子にすべてを譲りたい。これは当たり前の感情であり、そのために親は苦労をして家を発展させたり、財を守ったりするのだ。

辛《つら》そうに高島屋伝左ェ門が述べた。

「わかりましてござる」

良衛が高島屋伝左ェ門の覚悟に応じた。

「……終わりましてござる」

小半刻（約三十分）ほど高島屋伝左ェ門の妻を診察した良衛が戻ってきた。

「いかがでございましょう」

高島屋伝左ェ門が強い眼差《まなざ》しで問うた。

「診た範囲では問題はなさそうでござる」

「……さようでございましたか」

結果に高島屋伝左ェ門が肩の力を落とした。

「ありがとうございました。どうぞ、こちらを」

高島屋伝左ェ門が用意していた懐紙の上へ、小判を五枚置いた。

「なにもしておらぬゆえ、そんなにはちょうだいできぬ」

良衛が拒んだ。

「幕府お医師さまのご足労を願ったのでございます。これくらいでは足りませぬが、どうぞお受け取りを」

すっと懐紙を良衛のほうへ高島屋伝左ェ門が押した。

「ところでご主人、下世話なことを訊かせていただいてもよろしいかな」

小判に手を出さず、良衛が尋ねた。

「なんでございましょう」

「ご主人は、閨《ねや》ごとに困ってはおられませぬか」

「それは……できるかできないかというならば、十二分に」

「精のほとばしりはございましょうか」

「見たわけではございませんが、妻が後処理をいたしておりますれば」

露骨なことを問うた良衛に高島屋伝左ェ門が頰をゆがめた。

「ふむ……」

それを気にせず、良衛が思案に入った。

「先生、矢切先生」

考えこんだ良衛に高島屋伝左ェ門が不安そうな顔をした。

「御養子をお迎えになるのを三年お待ちいただけませぬか」

「どういう意味でございましょう」

なにを言い出すのかと高島屋伝左ェ門が警戒をした。

「長崎で学んで参ったことでございますが、子を作るにはときと食事が大事なのでござる」

「ときは月の障りのことでございましょうが……食事とは」

高島屋伝左ェ門が不思議そうに言った。

「いろいろ子種を作るのに要る食べものがござる。それをご主人に食べていただき、ときを見て閨ごとに励んでもらえば……」

「できるかも知れぬと」

「絶対とは申しませぬが」

「……さようでございますな。養子はいつでも取れまする。わたくしもまだ四十歳になっておりませぬ。元気でござれば」

一応の逃げ道を口にした高島屋伝左ェ門がうなずいた。

「では、これはいただきましょう」

治療を開始するとなれば遠慮は要らない。良衛が小判を懐へしまった。

二

今大路《いまおおじ》兵部大輔《ひょうぶだゆう》との政争に負けた半井出雲守《なからいいずものかみ》は典薬頭《てんやくのかみ》の地位を剝奪《はくだつ》はされなか

ったが、肩身の狭い思いをしていた。

「兵部大輔さま」

奥医師が本日の綱吉の状況を報告に来た。

「いかがであった。上様のご気色は麗しいかの」

今大路兵部大輔が奥医師に問うた。

「…………」

半井出雲守が横を向いた。

先日までならば奥医師の報告は両典薬頭宛てであったが、あれ以来奥医師たちは今大路兵部大輔の名前しか口にしなくなった。

「お熱、お脈に差し障りなく、お下の通りもつつがなく、お食事も残さずにお召しあがりになられましてございまするする」

奥医師が報告した。

「お顔の色は」

「少し赤みがお抜けになられたようにも見受けられましてございまする」

もう一つ訊いた今大路兵部大輔に奥医師が答えた。

「ならば、ご様子芳しくでよいな」

「結構かと」

確認した今大路兵部大輔へ奥医師が首肯した。

「重畳なり。ご苦労であった」

「はっ、ではこれにて」

一度も半井出雲守を見ずに奥医師がさがっていった。

「お聞きであったろう。上様はお健やかでござる」

「……祝着至極」

苦い口調で半井出雲守が今大路兵部大輔の声かけに応じた。

どれほどないがしろにされようが、典薬頭であるかぎり将軍家の体調に問題がなければ喜ばなければならない。返答をしなかったり、鼻先であしらうようなまねをすれば、不敬になる。今大路兵部大輔が目付《めつけ》に訴えれば、半井出雲守は厳しい咎《とが》めを受ける。

将軍家医師触頭《ふれがしら》は実際に診療はしないが、奥医師たちをまとめあげるだけに、その報告にふさわしい対応が必須《ひっす》であった。

「…………」

口をゆがめたまま、半井出雲守が典薬頭の控えである檜《ひのき》の間《ま》を出ていった。

「ふん、哀れなものよな」

今大路兵部大輔が落魄《らくはく》した半井出雲守を笑った。

一時は半井出雲守の策略で、今大路兵部大輔は謹慎まで追いこまれた。

しかし、やればやりかえされるのが、役人の常である。それへの対処を怠り、勝ちにおごった半井出雲守が敗者になった。

「とはいえ、窮鼠《きゅうそ》猫を嚙《か》むという故事もある。追い詰めすぎると後先を考えず、相討ちを狙ってくるやも知れぬ」

今大路兵部大輔が難しい顔をした。

「多紀《たき》家があるからの」

小さく今大路兵部大輔が呟《つぶや》いた。

典薬頭は京《きょう》で長く名門医師として続いてきた家系の末であった。いわば、天下の名医の子孫であり、その影響力は大きい。

関《せき》ヶ原《はら》で勝ち、江戸に幕府を開いた徳川家康《とくがわいえやす》は、豊臣秀吉《とよとみひでよし》が病に倒れたことで天下を手にする機を得た。健康の大切さを目の当たりにした徳川家康は医師の重要性を認識、天下の名医を幕府の医師として抱えた。

それが今大路であり、半井であった。

されど、家康は名医の子がかならず名医ではないとわかっていた。家康は名門医師に代々伝わる技術や秘薬、記録などを吾《わ》が物にしたかっただけで、今大路にも半井にも診察をさせなかった。

そして幕府医師は名前ではなく、腕で選ばれた。世に知れた名医を幕府医師として抱え、将軍やその家族を診させる。

いわば典薬頭は名前だけの名医、両家はその天下に鳴り響いた名声をもって幕府医師たちを抑えつける役目であった。

しかし、一人京の名門医師の末裔《まつえい》でありながら、将軍家の診療を受け持っている者がいた。多紀氏であった。

代々本道の医師として朝廷に仕えた多紀氏を徳川家は将軍奥医師として遇し、唯一その世襲を認めてきた。

腕も立ち、今大路、半井ほど高位ではないが、名門として十分な経歴を持つ。となれば奥医師を始めとする幕府医師たちの崇敬も集まる。

「石高と官位をあげてやれば、いつでも典薬頭を務められる」

今大路兵部大輔は危惧を感じていた。

幕府医師の触頭とはいえ、医術の腕では奥医師どころか表御番医師《おもてごばんいし》にも及ばない。

市井で名医と評判になって召し出された幕府医師にとって、典薬頭の二人は尊敬の対象ではなく、単なる上役でしかないのだ。

患者を治せるかどうかが医師にとっての価値だとすると、今大路兵部大輔と半井出雲守の二人は立つ瀬を失う。

対して多紀氏は、将軍の侍医として実際を担当している。

どちらが典薬頭としてふさわしいかと幕府医師たちに問えば、多紀氏になる。

「互いに足の引っ張り合いをしている場合ではないのだが……」

今大路兵部大輔は懸念を持っていた。

名ばかりの医師として、奥医師たちから軽視されることに危惧を覚えていた今大路兵部大輔は、南蛮流外科術の名手として有名になりつつあった良衛を一門に取りこみ、今大路家の評判を高めようとした。

たしかに良衛はその名声に恥じない活躍を見せ、幕府から長崎遊学を許された後、将軍綱吉の寵姫《ちょうき》お伝の方の侍医にまで出世した。

「将軍家が医師の重要さに気づきだしている」

当初、良衛をつごうのいい医者だと考えていただろう綱吉や側用人《そばようにん》柳沢吉保《やなぎさわよしやす》などが、その持つ知識と行動力に注目し始めた。

　なにせ綱吉が将軍になる前から仕掛けられていたらしい食べものによる体調悪化の策を良衛が見抜き、その治療に入っている。

「医師は毒にも薬にもなる」

　人を治す知識は、同時に人を壊す知識でもある。それを理解した綱吉が、良衛を重用しだした。

　それは幕府医師の地位向上に繫《つな》がると同時に、新たな寵臣の誕生でもあった。このまま話がうまく進めば、良衛は将軍から選ばれた奥医師になる。

「矢切に医師のまとめをさせよ」

　綱吉がそう言えば、話は決まる。今の典薬頭二人は、有名無実となっている役目を放たれ、普通の旗本になる。

　世襲制の典薬頭を失うことは、今大路、半井の家にとって、致命傷になりかねなかった。

「典薬頭に役高も役料もないが……」

　今大路家が一千二百石、半井家が一千五百石と、禄《ろく》は旗本のなかでも多いほうになる。

　典薬頭を罷免されようとも家禄は減らないが、無役になってしまう。

無役の旗本は小普請組《こぶしん》へくりこまれ、役目に就くまで小普請金という江戸城の破損修復の費用を負担しなければならなくなる。

そして世襲の典薬頭を続けている限り、縁のなかった猟官運動をする羽目になった。

もちろん、長崎奉行やお側御用取次《そばごようとりつぎ》などになり、将軍家のお気に入りになれば、禄が増え、大名も夢ではなくなる。

しかし、そういう幸運がなければ、何代にもわたって無役のままとなり、名前さえ忘れ去られてしまう。

「庇《ひさし》を貸して母屋を取られる……か」

今大路兵部大輔がため息を吐いた。

良衛の名医という評判を今大路家に取りこむ。そのために良衛へ娘を嫁がせ、幕府表御番医師にもした。だが、思った以上に良衛ができすぎ、今大路兵部大輔の掌《てのひら》から出ていってしまった。

「枠を嵌《は》めねばなるまいの」

今大路兵部大輔が声を冷たくした。

居づらいと檜の間を出た半井出雲守だったが、どこへ行くというあてもなかった。廊下を挟んだ奥医師溜《だまり》に顔を出したところで、誰にも相手にはされない。半井出雲守はただ無闇に廊下をうろつくしかできなかった。

「出雲守どのではないか」

「これは対馬守《つしまのかみ》さま」

声をかけられた半井出雲守が腰を屈《かが》めた。

「しばらくお姿を拝見いたしませんでしたが……」

「うむ。ちとお役目での。上方《かみがた》へ出ておった」

問われて答えたのは大目付《おおめつけ》松平《まつだいら》対馬守であった。

「ここで出雲守どのに会えるとはちょうどよい」

「わたくしに御用でも」

手を打った松平対馬守に、半井出雲守が怪訝《けげん》な顔をした。

「出雲守どのは典薬頭でござろう。ならば、お医師のことに精通なされておられよう」

「医師のことなれば、わたくしめにお任せあれ」

松平対馬守の言葉に、半井出雲守が大きくうなずいた。

「それはありがたし。早速お伺いをいたしたいのだが……」

礼を口にした松平対馬守が辺りを気にした。

「他聞をはばかると仰せならば、そちらの座敷でも」

半井出雲守が密談でも応じると空き座敷を指さした。

「そういたそう」

そそくさと松平対馬守が座敷の襖《ふすま》を開けた。

江戸城には数えきれないほどの座敷があった。大きなものは将軍家が諸大名を集めて目通りを許す大広間から、小さなものは茶会の準備をする水屋《みずや》まで数百をこえる。

当然、そのすべてに人がいるわけではなく、空き座敷はどこにでもあった。

「お座りあれ」

さっさと座敷の真ん中に腰を下ろした松平対馬守が半井出雲守を促した。

「御免そうらえ」

一礼して半井出雲守が従った。

「早速でござるが、矢切良衛をご存じか」

「……つっ」

松平対馬守の出した名前に、思わず半井出雲守の頬がゆがんだ。

「ほう、なにか因縁がござるようじゃの」

見逃さず、松平対馬守が指摘した。

「いささか。些細《ささい》なことでござる」

詳細を半井出雲守は言わなかった。

「さようか。では、お訊きしよう。矢切がお伝の方さまを拝診つかまつっていることはわかるのだが、上様のお脈まで取っていると聞く。その理由を存じておろう」

松平対馬守の口調が変わった。

「理由などござらぬ。ただ、あやつが僭越《せんえつ》なまねをいたしただけ」

吐き捨てるように半井出雲守が答えた。

「ごまかすな。上様のお脈を僭越で取ったとあれば、ただではすまぬ」

将軍と会うだけ、話をするだけでも家格が要るのだ。いかに法外の官とされる医師であっても、奥医師を通りこえての行為は許されない。

「…………」

「黙るな。言わねば目付にそなたの名前を吹きこむぞ」

口をつぐんだ半井出雲守を松平対馬守が脅した。

目付は若年寄《わかどしより》支配で大目付の配下ではないが、かかわりはある。大目付の職務であった大名への監察も目付が奪い取った関係上、目付は大目付に報告の義務を負っている。これは幕府の職制上、大名の監察は大目付の役目とされているためで、大目付へ話をし、委任をされたという形を取らなければ越権行為となりかねないからであった。

「……上様がお求めになられたのでござる」

半井出雲守が苦渋に満ちた顔をした。

「上様が……矢切を」

松平対馬守も絶句した。

幕府において将軍は絶対である。将軍が白いと言えば、烏も白くなる。もちろん烏が本当に白くなるわけではないが、少なくとも大名、旗本、御家人は烏を白いと認めた。

「なぜだ」

「それは……」

すでに良衛が綱吉の食事に仕組まれた悪意を見抜いて変更させたことは、奥医師から聞いている。しかし、台所役人がおこない、奥医師が見逃してきただけに、表沙汰《ざた》にはしにくい。いかに今は奥医師たちから冷遇されているとはいえ、半井出雲守はその頭なのだ。責任がまったくないとはいえなかった。

「どうした。目付の尋問を受けるか」

松平対馬守がもう一度脅しをかけた。

「お目付どのには内緒にしていただけようか」

「内容によるが、少なくともおぬしの名前は出さぬ」

半井出雲守の求めに保証ともいえない保証を松平対馬守が出した。

「……わかりましてござる」

すでにことは松平対馬守の手に握られている。半井出雲守は抵抗をあきらめた。

「始まりは矢切がお伝の方さまのお脈を拝見し、そのお食事にも口出しを……」

半井出雲守が経緯を語った。

「……で上様のお食事が館林《たてばやし》のころからおかしかったとわかったのでござる」

「館林のころから……それでは上様はお生まれになられたときから」

「そのころまでは遡《さかのぼ》れませぬが、少なくとも上様が館林を三代家光《いえみつ》さまから賜ったあたりからではないかと」

松平対馬守の疑問に半井出雲守が述べた。

「許されざる行為であるぞ。上様のお食事に細工をするなど、謀叛《むほん》も同然じゃ。露《あら》わになれば九族族滅《きゅうぞくぞくめつ》になる」

松平対馬守が啞然《あぜん》とした。

「裏になにかあるな」

じろと松平対馬守が半井出雲守を睨《にら》んだ。

「わたくしは、それ以上のことを存じませぬ」

あわてて半井出雲守が首を左右に振った。

「医師を束ねる典薬頭がそれだけだと。過去の事情はまあいい。だが、今、どのような対応を執っているかくらいはわかっているはずだ」

「それが……」

詰め寄られた半井出雲守が俯《うつむ》いた。

「……なにかあったのだな。相手は矢切か、いや、その義父だな」

旗本で大目付まで出世するのは容易なことではない。いくつもの役目を他人よりうまくこなすだけでなく、上役の顔色を窺《うかが》い、下役たちを使いこなさなければ、とても届かないのが大目付である。その大目付に松平対馬守はいたっている。代々のお役目を世襲しているだけの半井出雲守がごまかせる相手ではなかった。

「じつは……」

半井出雲守が降伏して、境遇を話すのにときは要らなかった。

「愚かなまねをとは言わぬ。儂《わし》も上を目指しておる」

松平対馬守はあきれなかった。

「このままでは半井家が沈むぞ」

将軍綱吉を巻きこんでの失策は、旗本として致命傷に近い。いまだ半井出雲守が典薬頭でいられるのは、綱吉がそれを些事《さじ》として気にしていないからである。

綱吉が懸念である跡継ぎ問題を解決できたら、半井出雲守のことを思い出すかも知れない。いや、今大路兵部大輔が思い出させる。

松平対馬守の言葉は予測ではなく、真実であった。

「……うぅっ」

半井出雲守ががっくりとうなだれた。

「どうだ、帳消しにしたいと思わぬか」

「帳消しにできると」

松平対馬守の顔を半井出雲守が見上げた。

「簡単なことだ。失策以上の手柄を立てればいい」

「手柄と言われても……」

あっさりと告げた松平対馬守に半井出雲守が戸惑った。

「まだ矢切は、上様に要らぬことをしでかした者どもを暴きされておらぬのだな」

「そういう話は聞こえておりませぬ」

犯人は知れたのかという問いに半井出雲守が否定した。

「ふむ。ならばいけるの。今大路兵部大輔より、矢切より先に愚か者をあきらかにし、上様へご報告いたせば、手柄はこちらのものだ」

「たしかに……」

松平対馬守の話に半井出雲守が同意した。

「いかに干されているとはいえ、典薬頭なのだろう。医師や台所役人を動かせよう」

「……難しゅうございますが、面倒を見てやった者もおりますれば、なんとか」

確かめられた半井出雲守がうなずいた。

「急げよ」

「はっ」

余裕はないと念を押した松平対馬守に半井出雲守が首肯した。

三

漂泊の民は誰にも属さない。居住地を定めず、山々を歩いて移動する漂泊の民を縛れる者などいないのだ。

その代わり、漂泊の民を庇護《ひご》してくれる者はいない。

正確には天皇家が直接支配しているのだが、すでに朝廷がその権威を失って久しく、漂泊の民を守るだけの力はなくなっている。

それでも漂泊の民は、代々受け継がれてきた野草の知識や猟師としての腕、木地《きじ》師《し》などの特技を糧に乱世を生き延びた。

しかし、乱世が終わったことで漂泊の民にも大波が来た。

「天下万民は徳川の支配を受ける」

徳川幕府はその設立に際して、天下を完全に把握しようとした。

「きりしたんなどの異教を禁じる」

人の上に神を置くカトリックは為政者にとってつごうが悪い。将軍が最高でなければ、天下は治めきれないと徳川家康は考えた。

となるとどこにも属していない漂泊の民が問題になる。

「定住すべきである」

「いや、先祖代々我らは誰にも頭《こうべ》を垂れずにきた。それを変えるわけにはいかぬ」

漂泊の民のなかでも意見は分かれ、なかなか結論はでなかった。

また、定住しようにも村や町での生活を経験したことのない漂泊の民を受けいれてくれるところは少なかった。

「まつろわぬならば……」

幕府が漂泊の民を見捨てようとしたとき、天草《あまくさ》の乱が起こった。

「きりしたんどもは逃げ惑い、原城《はら》へと逃げこみましてござる」

「しっかりと原城を包囲、蟻一匹逃がしませぬ」

遠い九州《きゅうしゅう》での出来事だけに、江戸へ入ってくる情報は少なく、さらに正しいとは限らない。

討伐を命じられた九州の諸大名は己の立場が悪くなりそうなことを報告しない。

「勝っているはずなのに、まだ終わらぬのか」

真実が見えない江戸では、いつまで経っても終わらない騒動に首をかしげた。

「壱岐守《いきのかみ》、調べて参れ」

三代将軍家光が業を煮やし、寵臣の中根《なかね》壱岐守に実状探索を預けた。

「承りましてございまする」

任された中根壱岐守は、どこで誰に知られるかわからない伊賀《いが》組ではなく、漂泊の民を使った。漂泊の民には山のなかを迷わずに進めるよう、独自の道があった。猟師くらいしか知らない道を使えば原城を囲んでいる大名の兵にも籠城《ろうじょう》しているキリシタンにも気づかれることなく近づける。

こうして中根壱岐守は天草の乱が鎮圧できていないという実状を手に入れ、それを家光に報告した。

「情けなき者どもよ。伊豆《いず》、行って参れ」

真実を知った家光は怒り、老中《ろうじゅう》首座の松平伊豆守信綱《いずのかみのぶつな》を天草まで派遣、ようやく乱は鎮圧された。

「壱岐守、よくしてのけた」

「畏れ多いことでございまする」

家光から褒められた中根壱岐守は、漂泊の民をしっかりと遇した。

「江戸で生活できるようにいたしてくれる。その代わり、余の求めには応じよ」

中根壱岐守は漂泊の民に定住の場所を与えると同時に、配下の隠密《おんみつ》として抱えこんだ。

伊賀者にも劣らぬ優秀な隠密を配下に加えた中根壱岐守は着々と出世し、家光の腹心として力を振るった。

しかし、天草の乱を最後として、天下は安寧の日々を続けた。

となれば漂泊の民の出番はない。中根壱岐守は漂泊の民を集めた漂泊衆を本家ではなく、分家に附けた。隠密という汚れ役を本家から切り離したのだ。

隠密が活躍するにはしっかりとした後ろ盾が要る。中根本家ならまだしも、かろうじて旗本といえるていどの禄しかない分家では、漂泊衆を抱えきれない。

禄や金を出さなければ、他人《ひと》は使えない。こうして中根家と漂泊衆の間には隙間ができ、やがてほとんどの漂泊衆が中根家と疎遠になった。

「このままときの闇に消えていけると思ったのだがな」

中根壱岐守の孫にあたる分家当主中根新三郎《しんざぶろう》が苦い顔をした。

「思うようにならぬのが、人の一生でございましょう」

中根新三郎に従う数少ない漂泊衆の一人久吉《ひさきち》が苦笑した。

「たしかにそうだな。思うがままの一生など、面白みもなにもないの」

「まあ、あまりに突飛な生涯は御免こうむりたいところでございますが」

中根新三郎と久吉が顔を見合わせた。

「二代将軍秀忠《ひでただ》さまのご遺言を邪魔する者は許せぬ」

「はい」

不意に中根新三郎が表情を変え、久吉も頬を引き締めた。

「このまま闇に埋もれていく漂泊衆の歴史の最後が泥にまみれたままでは、先祖に顔向けができませぬ」

「だの」

久吉の言いぶんを中根新三郎が認めた。

「儂も出る。今度は医者を仕留める」

「…………」

中根新三郎の宣言に無言で久吉が首を縦に振った。

柳沢出羽守《でわのかみ》吉保は綱吉の新しい寵臣となった。

寵臣というのは、類を見ないすさまじい出世を約束される代わりにいつなんどきであろうとも主君の求めに応じなければならなかった。

本来ならば三日に一度の勤務ですむ役目が、連日勤めになる。さらに下城時刻などあってなきものになる。

「出羽はどこにおる」

たとえ深夜であろうとも名前を出されたら、ただちに伺候しなければならない。

綱吉が大奥へ入れば、男子禁制の定めにより呼び出しはなくなるが、中奥《なかおく》で就寝するときは、ずっと宿直番《とのいばん》をこなすことになる。

「なんとしても吾が子を」

幸い、綱吉は子を求めて禁忌の日でないかぎりは、大奥へ行ってくれる。

「いってらっしゃいませ」

本日も綱吉は夕餉《ゆうげ》を終えるなり、大奥へと向かった。

それを御座《ござ》の間《ま》で見送った柳沢吉保は、下城の準備にかかった。

「火の元は三人で確認いたすように」

本来の宿直番である小納戸《こなんど》へ念を押し、柳沢吉保は御座の間を後にした。

「ご無沙汰《ぶさた》でござる」

出たところで柳沢吉保を松平対馬守が待っていた。

「お帰りとは伺っておりました。お役目は無事果たされたそうでおめでとうございまする」

寵臣でありながら柳沢吉保は腰の低い態度で松平対馬守へ対した。

「ご存じであったか」

松平対馬守が少し驚いた。

大目付は旗本として上がりに近い。旗本がなれる役職には十万石の格式と下屋敷の下賜、次男のお召し出しを受けられる留守居《るすい》がまだあるが、これは七千石、八千石のほぼ大名といえるような高級旗本の役目で、まず届くものではなかった。

実質大目付は旗本最高といえる。ただ、大目付の前身である惣目付だった柳生但《やぎゅうたじ》馬守宗矩《まのかみむねのり》が大名を潰《つぶ》しすぎたことで浪人があふれ、慶安《けいあん》の変につながったことで幕府はその職権を奪い、形骸《けいがい》とした。

名誉はあるが、実権はない。それが今の大目付であった。

そんな大目付の動向を気にする者はほとんどいない。しかし、柳沢吉保は知っていた。

「誰から聞かれたかの」

松平対馬守が警戒した。

「右筆《ゆうひつ》でござる」

あっさりと柳沢吉保が答えた。

「……右筆。たしかに帰府の届けを出したな」

松平対馬守が納得した。

右筆は幕府の書付、そのすべてを取り扱う。任に出向いていた役人も右筆へ帰ってきたとの届けを出してからでなければ、登城できない。無断での帰府は、任を放り出して逃げたと解釈されるからであった。

「右筆が認めた」

「…………」

老中といえども右筆の書付がなければなにもできない。身分も禄も軽い右筆だが、その権は大きい。目付でさえ敵に回そうとはしない右筆が、柳沢吉保へ気遣いを見せた。それは、柳沢吉保の権威が江戸城で確立されたとの証《あかし》であった。

確かめるような松平対馬守に柳沢吉保は肯定も否定もせず、にこやかに笑っただけであった。

「出羽守さま」

松平対馬守が敬称を変えた。

「なんでございましょう」

それを柳沢吉保は気にもしなかった。

「お願いがございまする」

「はて、わたくしに対馬守さまがお願いとは」

柳沢吉保が首をかしげた。

「なにとぞ、わたくしも加えていただきたく」

「……加えるとは、なにに」

願った松平対馬守に柳沢吉保が問うた。

「上様のご健康を害そうとした者がおったとの……」

「そのような者がおると」

「おとぼけあるな。わたくしは確たるところより話を聞いておりまする」

わからないと応じた柳沢吉保に松平対馬守が告げた。

「確たるところとはどこでございますかな」

「それは……」

問われた松平対馬守がためらった。

「お答えになれぬならば、確たるとは申せませぬ。巷《ちまた》の噂などを持ちこまれぬよう。では、いささか……」

役人としての素質を疑うと言い、柳沢吉保が適当な答えでは許されないと松平対馬守を追い詰めた。

「述べればお加えいただけると」

「そちらから求められる立場だと」

半井出雲守を売る代わりに報酬を求めた松平対馬守に柳沢吉保が冷たい目をした。

「…………」

松平対馬守が黙った。

手札をすべて差し出して、柳沢吉保の下に付く。これは走狗《そうく》になると同義であった。

「肚《はら》を決めてから来られよ」

逡巡《しゅんじゅん》を待っていてやるほど暇ではないと柳沢吉保が背を向けた。

「…………」

松平対馬守はもう柳沢吉保へ制止の声を出せなかった。

「六百石ていどであった小者に頭を垂れる……」

苦く頬をゆがめながら松平対馬守が悩んだ。

「走狗となれば、儂の手柄はすべてあの小者のものになる。小者はますます上様のお覚えめでたくなり立身する。儂はそのおこぼれをもらうだけ。むうう」

松平対馬守がうめいた。

「大目付から留守居、そして大名になるのが夢。走狗に与えられるおこぼれていどでは、とても届かぬ……」

しばし瞑目《めいもく》して松平対馬守が思案した。

「……それでは意味がない」

松平対馬守が目を開いた。

「儂はもう還暦をこえている。いつ、上様から十徳《じっとく》をたまわっても不思議ではない」

幕府役人には隠居がなかった。なにかあって罷免される以外では、自ら辞任を申し出ないかぎり役目を続けられる。家督も同じであった。こちらから嫡男に跡を譲る旨の願いを出さなければ、いくつになろうとも当主でいられた。

しかし、これでは席が空かない。ずっと同じ者が役目にあり続けるのは、利もあるが欠点も多い。そこで幕府は、あるていどの年齢になった者、上がり役についていて数年以上経った者を呼び出し、茶道の十徳などを下賜した。

「もう身を退いて、これからは茶でも楽しめ」

ようは引退勧告であった。

もちろん、これは勧告であり、命令ではないので、十徳を受け取ったあとも現役であり続けることはできる。ただ、それは幕府の指示を無視したことになり、いずれ手痛い目に遭わされる。

「お気に召さぬことこれあり」

「役目において不都合がある」

はっきりとした理由もなく、咎めを受けて解任されることになる。こうなれば、罪人扱いとなり、家の名前に傷が付いた。

「賭《か》けるしかないな」

もう松平対馬守に余裕はなかった。

「柳沢が使えぬならば……矢切がいる。あやつならば、儂の言うことに逆らえまい」

松平対馬守が覚悟を決めた。

四

お伝の方の機嫌はいい。食事を適正なものにし、十分な睡眠を取る。これだけで人はかなり変わる。

「上様は三日に一度妾《わらわ》をお召しくださる」

肌つやが良くなり、生き生きとしたお伝の方は将軍愛妾《あいしょう》の名に恥じないだけの美《び》貌《ぼう》を見せている。

すでにお褥《しとね》ご辞退の年齢に達しているが、これは女から申し出るものであり、将軍が認めなければ、ずっと閨に侍《はべ》ることはできた。

「あいにく、まだ兆しはないが、それでもかつてのように、閨ごとが終わった後も疲れを覚えぬ」

「それはよろしゅうございました」

お伝の方の診察を終えた良衛が安堵《あんど》した。

「上様もお健やかになられた気がする。昨夜も、妾へ二度もお情けを賜った」

「…………」

うれしそうなお伝の方に良衛は反応できなかった。

「では、これにて」

良衛は逃げ出すことにした。

「……待ちやれ」

お伝の方の声が低くなった。

「上様のご体調について、要らぬことをしでかしていた者どものことだが」

「館林から上様について江戸城台所役人となったのち、転じていった者でありましたか」

「大坂《おおさか》城代副番《そえばん》番士の安田《やすだ》と新居《あらい》奉行所与力の津山《つやま》だがの」

「はい」

お伝の方が出した名前を良衛は覚えていた。

「上様におかしなものを出し続けた愚か者じゃ」

憎き者どもだとお伝の方が吐き捨てた。

「その者がいかがいたしましたのでございましょう」

最初に二人が怪しいと目を付けたのは良衛である。気にならないはずはなかった。

「密《ひそ》かに捕らえよとの御命が出たそうじゃ」

「上様が」

「うむ」

確認した良衛にお伝の方がうなずいた。

「ほう、驚いておらぬの」

お伝の方が感心した。

「上様はご聡明《そうめい》であらせられまする。ことを公《おおや》けになさるはずはございませぬ」

二人はすでに殺されているか、殺されるだろうなと良衛は予測していた。ただ、それを口にすれば、お伝の方からもっと早く手を打てと叱られる。そう考えた良衛は適当な理由をつけてごまかした。

「うむ」

綱吉を賞されたお伝の方が満足げにうなずいた。

「この者どもは道具じゃな。こやつらが上様になにか思うところがあって、お身体に悪いものを食膳《しょくぜん》へのせ続けていたわけではあるまい」

「あり得ませぬ」

お伝の方の推測を良衛は認めた。

「となれば、公けになれば要らぬことを口にせぬように封じられるであろう」

「おそらくは」

良衛も同意した。

「生きておるのじゃな」

「はい」

誰がと言われなくとも良衛にはわかった。

「尻尾《しっぽ》を切り捨てて逃げ出そうとするなど、妾が許さぬ」

綱吉のお陰で一族郎党がいい暮らしをできるようになった。そして綱吉になにかあれば、それらに大きな影響が出る。お伝の方にとって綱吉こそ、すべてであった。

「矢切、上様をお守りしてたもれや」

「命にかえて」

お伝の方の願いを良衛は引き受けた。医者として患者を見捨てられないというのもあるが、なにより矢切家は代々の御家人で徳川に仕えている。家臣として主君の命を守るのは当然であった。

「そなただけが頼りである」

いかに寵姫として力を振るえるお伝の方といえども、大奥から出ることはかなわなかった。先祖の法事だとかでも、代参を行かせるしかない。これは将軍の手が付いた女が、他の男と触れあうわけにはいかないからであった。もし、寵姫が妊娠したとき、将軍以外の男と接点があれば、子の血筋に疑義が出てしまう。

大奥はそのために男子禁制であり、生まれてくる子供の正統性に毛ほどの疑いもないようにとのためであった。

「きっと報いてくれようほどにな」

お伝の方が良衛に囁《ささや》いた。

人を動かすには、相応の報酬あるいは褒賞が要る。お伝の方はそのことをよく理解していた。

「畏れ多いことでございまする」

良衛は手を突いた。

御広敷番医師とはいえ、良衛はお伝の方専任であり、その他の女中たちの診療はおこなわない。いや、おこなえないわけではないが、皆、お伝の方に遠慮して、良衛の診療を避けている。結果、午前中の半分ほどで良衛はなにもすることがなくなった。

「矢切はおるか」

御広敷番医師溜に松平対馬守が侵入してきた。

「どちらさまか。ここは御広敷番医師の控えでござる。医師あるいは御広敷番でなければ、出入りはご遠慮いただきたい」

入り口近くにいた御広敷番医師が咎めた。

「大目付松平対馬守じゃ」

「……大目付さま」

名乗りを聞いた御広敷番医師が愕然《がくぜん》とした。

医師は法外の官として、身分にかかわりないとされるが、それでも幕臣には違いない。大目付という高官を前にして、強気でいられるはずはなかった。

良衛が哀れな御広敷番医師を助ける形で近づいた。

「対馬守さま」

「おう、矢切。変わりなさそうじゃの」

「対馬守さまもお健やかなご様子。腰の痛みは出ておりませぬか」

良衛が挨拶に応じた。

城中で転び腰を打った松平対馬守の治療を担当したのが、当時表御番医師だった良衛であった。それを踏まえて、良衛が話を治療の関係だと周囲に匂わせた。

「……少しな」

その意図に気づかないようではとても大目付まで出世できるはずもない。すぐに松平対馬守がふさわしい返事をした。

「では、拝見いたしましょう。どうぞ、あちらの空き座敷を借りて」

口の軽いところがある松平対馬守を良衛はさっさと御広敷番医師溜から連れ出した。

「なぜ名乗られたのでござる」

かつての主治医を患者が訪ねてきたというならば不思議ではない。今日も名乗ることなく、良衛をそういって呼び出せばすんだ。それをわざわざ無断で入りこみ、大目付だと名乗るなど、他の御広敷番医師になにかあると教えて歩いているようなものである。

良衛は松平対馬守の態度にあきれていた。

「大目付ぞ、儂は。尊敬を受けて当然であろう」

名乗らなければ敬意を向けてもらえないと松平対馬守が不満で返してきた。

「……で、ご用件は」

良衛は松平対馬守をあきらめた。

「言わずともわかっていよう。聡《さと》いそなたならばな」

松平対馬守がにやりと笑った。

「なんのことでございましょう」

一瞬の間もなく良衛が否定できたのは、おそらくそれを問いただしに来たのだろうと予想していたからであった。

「とぼけずともよい。上様のことだ」

「上様になにか」

らぬ」

「儂は大目付じゃ。大目付は幕府の大監察である。なにかあるならば、知らねばな

まだ認めない良衛に松平対馬守が役目を前面に押し出してきた。

「大監察さまにお話しするようなことを、御広敷番医師にすぎない愚昧《ぐまい》が存じておるはずはございませぬ」

良衛は表情を消した。

「きさま、儂に逆らって無事にやっていけると思いあがっておるのではなかろうな。岳父に迷惑がかかるぞ」

かつてもこうやって良衛を脅し、松平対馬守は便利に使っていた。

「どうぞ」

良衛は氷のような声で言った。

「なんだと。そなた儂が本気ではないと見ておるな」

「いいえ。本気であろうが偽りであろうが、愚昧にはかかわりございませぬ。あまり無体を仰せにならぬほうがよろしゅうございますぞ」

「どういう意味じゃ」

「愚昧はお伝の方さま附きでござる」

「……そなたっ、儂のことをお伝の方さまに訴えるつもりか」

良衛の脅しに松平対馬守が顔色を変えた。

「ちなみに愚昧は上様のお召しで脈を取らせていただくこともござる」

「上様……」

もう一段あげた脅しで松平対馬守が蒼白《そうはく》になった。

「なれば、愚昧はこれにて」

呆然《ぼうぜん》としている松平対馬守を置いて良衛は座敷の襖に手をかけた。

「今までのお付き合いに応じて一言……大目付さまといえども吹き飛ぶほどのことだとお知りあれ。触られるな」

釘《くぎ》を刺して良衛は座敷を去った。

「大目付でさえ吹き飛ぶほどのこと……か」

残された松平対馬守が独りごちた。


半井出雲守は檜の間へ戻ることなく、屋敷へと帰った。

「真田《さなだ》はおるか」

駕籠を降りるなり、半井出雲守が叫んだ。

「これに……」

出迎えの家臣のなかから真田が前に出た。かつて用人として屋敷を取り仕切っていた真田だったが、良衛の持っている南蛮流医学の秘技を奪えという半井出雲守の指図を果たせず、失敗を重ねてしまい、肩身の狭い思いをしていた。

「ついてこい」

半井出雲守が歩きながら命じた。

「手伝え」

「はっ」

登城の身形《みなり》から常着に着替える半井出雲守の手伝いを真田が始めた。

「奥医師、何人集められる」

突っ立ったままで半井出雲守が訊いた。

「……三名、いえ、二名」

真田が少し考えて一人減らした。

「たったそれだけか」

半井出雲守が驚いた。

「先日より、当家へ絶縁状をよこされるお方が増えましてございまする」

「絶縁状だと。巻きこまれるのを怖れたというわけか。世話になっておきながら無礼な者どもである」

申しわけなさそうに言った真田へ半井出雲守が怒りをみせた。

「そちのせいではない。いや、そちも悪いわ」

「はい」

真田が成功していれば、ことは悪化することなく終始できた。半井出雲守が認めた。

「余を甘く見た者どもには、あとできっちり報復をくれてやる」

半井出雲守が誓った。

「それよりも、その二人を連れて参れ」

「今からでございまするか」

「そうじゃ。さっさと行かぬか」

「ただちに」

機嫌の悪い半井出雲守に怒鳴りつけられた真田が駆けていった。

「お呼びでございますか」

一刻ほどで二人の奥医師が半井出雲守の前に顔を並べた。

「うむ。忙しいときにすまぬの」

呼びつけた詫びを半井出雲守が述べた。これ以上配下が減っては困る。半井出雲守の態度は常に増してていねいであった。

「いえ、出雲守さまのお力で奥医師になれましてございまする。この桜井玉庵《さくらいぎょくあん》、出雲守さまの御為とあればなんなりと」

「愚昧も同様でございまする」

奥医師二人が半井出雲守の味方だと宣した。

「ありがたいことじゃ。礼を言うぞ、玉庵、慈恵《じけい》」

半井出雲守が満足げにうなずいた。

「さて、二人に来てもらったのは、他でもない。上様のことだ」

「……上様の」

「あれでございますな」

半井出雲守の言葉に二人が納得した。

「ことはどうなっているのだ」

問うた半井出雲守に二人が顔を見合わせた。

「では、愚昧から」

桜井玉庵と名乗った奥医師が代表した。

「ことの起こりは、上様が館林におられたころから始まっておりました。上様のお召しになる食べものすべてに塩が大量に使われておりました」

「それは聞いておる。塩が多いと血がたぎるというが、上様はどうなのだ」

「顔の赤面、浅く多い呼吸、頭痛、易怒《いど》などのぼせあるいはたぎりの症状が出ておりまする」

桜井玉庵が認めた。

「馬鹿な。それを指摘する者はおらなんだのか」

医者が病の兆候どころか症状を見逃したことに半井出雲守があきれた。

「やむを得ぬのでございまする。出雲守さまは鈴木市朴《すずきしぼく》という者をご存じでおられましょうや」

「鈴木市朴……聞いたような名前じゃの」

半井出雲守が思い出そうとした。

「館林から江戸城まで付いて参った奥医師でございまする」

「……館林から。となればあやつか。白髪で右の頰にほくろがある」

「さようでございまする」

桜井玉庵が首肯した。

「あの鈴木市朴が上様のそれは生まれつきだと申しましたので、そのように我らは思いこんでおりました」

「生まれつきか」

将軍家の血は貴い。生まれつきだと言われたものを否定するのは、その血筋をも否定することになる。それは徳川で禄を食《は》む者が触れてはいけないところであった。

「それに従ったと」

「はい」

「誰か一人でも……いや、無理だな」

無念だと言いかけた半井出雲守が留《とど》まった。

「では、その鈴木市朴はどうしている。今の奥医師にはおらぬだろう」

奥医師の定員は決まっていないが、おおむね十五人から二十人ていどである。さすがに半井出雲守も全員の顔を覚えていた。

「二年前に辞しております」

「辞した……今はどうしておる」

答えた桜井玉庵に半井出雲守が尋ねた。

「確かな話ではございませぬが、奥医師を辞してすぐに医者を辞め、江戸を去ったと聞きましてございまする」

「医者を辞めた。奥医師だった者が」

半井出雲守が驚愕した。

将軍の侍医である奥医師は、天下一の名医と称賛される。それこそ一度の診察で百両でも取れるのだ。そして百両でも患家は引きも切らない。江戸中の豪商、大名がこぞって診察を求めてくる。まさに我が世の春といえる。

それを辞めて江戸を去るなど考えられなかった。

「よほどの条件があったのか、それとも……」

半井出雲守が間を空けて続けた。

「始末されたか」

「……ひえ」

「それはっ」

半井出雲守の口から出た一言に桜井玉庵と慈恵が脅えた。

第二章　ときの移ろい

一

次はない。

命を差し出してくれる漂泊衆の数も両手の指ほどになり、これ以上手勢が減れば戦いにならなくなる。一人、二人が生き残ったところで、今後再戦を挑むだけの力は保てなかった。

武士がおこなう一対一の真剣勝負ならば、純粋に技量だけで決着がつく。

それが刺客となれば、話は大きく違ってきた。

刺客は失敗が許されない。それを言い出せば、大工仕事から医者の治療まで、すべてにおいて失敗は許されないが、刺客の失敗はことを一気に難しくした。

普通、人は毎日を生きていくうえで、いつ刺客が襲いくるかも知れないと警戒してはいなかった。

道を歩いているときに、前から来る男がいきなり斬りつけてくるのではないかと か、後ろから近づいてきた女が短刀で突いてくるなど思いもしていない。

だからこそ、刺客は成り立つ。刺客は人の心の隙を狙ってくる。どれだけ腕の立つ刺客でも、道の真ん中で堂々と刀を抜いて待ち受けたりはしなかった。

「やあやあ吾《われ》こそは、刺客として天下に知られた某《なにがし》である。この吾に狙われた以上生き残ることはできぬ。あきらめて首を差し出せ。苦しまぬよう一撃で仕留めてくれる」

こんなまねをしていたら、刺客として目標を殺すことができても、まずまちがいなく町奉行所に捕まる。刺客は捕まれば確実に死罪となった。これでは刺客業を続けていけなくなる。

刺客はどのような理由であれ、密《ひそ》かにことを終える。刺客は表沙汰《おもてざた》になってはいけないのだ。

他人《ひと》に知られることなく、一度目で仕留めてこそ刺客は成り立つ。

一度失敗すると、目標は警戒する。いつも辺りを気にするだけでも不意討ちが効かなくなる。そこに警固の者を引き連れるなどされては、成功の見込みはほとんどなくなってしまう。

中根《なかね》新三郎《しんざぶろう》と漂泊衆は良衛《りょうえい》をただの医者だと侮り、失敗した。結果、良衛は十分に警戒をしだした。

とはいえ、中根新三郎たちは良衛の命をあきらめるわけにはいかなかった。

「ご遺命は果たさねばならぬ。そのために吾《わ》が中根の家はある」

中根新三郎が小さく首を左右に振った。

「これが最後である」

泰平が長く続き、漂泊衆も荒事から離れている。かつての技も気概ももうない。戦えるのはあと一度だと全員が理解していた。

「もう五日後だとか、十日後だとかの日限はなしじゃ。十全に準備をいたせ」

「わかりましてございまする」

ただ突っこむだけでは、勝てないとわかっている。ならば、どうやればいいかを考えればいい。そのためには良衛のことを徹底して調べ、弱みを見つけなければならなかった。

「矢切《やきり》の行動はすでに把握しているな」

いかに実戦から離れていたとはいえ、目標のことを調べずに襲いかかるほど愚かではなかった。

「朝登城し、昼過ぎに下城。屋敷に帰った後は待っている患家《かんか》の治療をし、それを終えたら往診に出向く。帰宅は日が暮れるころ」

「屋敷の門は、朝から夜まで開かれている。さすがに深更を過ぎれば門は閉じられるが、潜り門の閂《かんぬき》はかけられない」

久吉《ひさきち》に続いて漂泊衆が答えた。

「それだけか」

「他になにが」

ため息を吐いた中根新三郎に久吉が怪訝《けげん》な顔をした。

「……情けないの」

中根新三郎が肩の力を失った。

「山々を駆け抜け、谷を渡り、森を切り開いた漂泊の民ぞ。熊や狼、蛇を相手にし、生き残ってきたそなたらの祖先がこの有様を見れば嘆くだろう」

「どういうことでござる」

嘆く中根新三郎に久吉が問うた。

「矢切の周囲を見ていない」

「周囲……」

「矢切も御家人だ。家士《かし》や小者《こもの》がおろう」

「貧乏御家人に家臣や小者がおるはずありませぬ」

中根新三郎の危惧《きぐ》を久吉が否定した。

「なさけない」

もう一度中根新三郎が嘆息した。

「儂《わし》と同じだと思うな」

中根新三郎は御家人ではなく、将軍家に目通りできる旗本であるが、家臣はおろか小者もいない。そして、これこそ御家人の実態であった。

戦があればこそ、人手はいる。泰平の世になれば人は不要になる。そして人を抱えていればなにもしていなくとも金がかかる。

少ない禄《ろく》でやりくりしている貧乏御家人にとって、家士や小者は無駄でしかなかった。

「矢切は医者ぞ。それも評判のいい医者だ」

「評判のいい……流行《はや》っている医者とあれば、人を雇うだけの金はある」

ようやく中根新三郎の言いたいことを久吉が理解した。

「それに矢切の妻は典薬頭《てんやくのかみ》今大路《いまおおじ》兵部大輔《ひょうぶだゆう》の娘だ。今大路兵部大輔は一千二百石、家臣の数も多い。矢切家の危機とあれば今大路兵部大輔が手助けの人を出すだろう」

「たしかに」

中根新三郎の説明を久吉が飲みこんだ。

「警固の数、練度なども調べておかねばなるまい。警固を倒す意味はないが、矢切を仕留めるまでの間、それらを抑えておかねばならぬ。そのときどの警固に誰をあてるかを決めておかねば、強い警固に弱い漂泊衆では話にならず、その逆では無駄に戦力を遊ばせることにもなる」

「ただちに」

久吉の表情が引き締まった。

良衛は松平対馬守《まつだいらつしまのかみ》が出てきたことを柳沢吉保《やなぎさわよしやす》へと報告した。

「やはりそっちに行ったか」

柳沢吉保がため息を吐いた。

「やはりとは……」

「そちらに行く前に、吾のところに来たわ」

良衛の疑問に柳沢吉保が答えた。

「吾が走狗《そうく》になる覚悟はあるかと問うたら、尾を巻いて逃げていった。欲だけは一人前だが、肚《はら》ができておらぬ。上様のために命を差し出せるというならば、こちらも相応の待遇を考えてやったものを」

柳沢吉保が目を細めた。

「あのていどの者が大目付《おおめつけ》になれる。御上の人材不足を嘆くべきか、旗本の質の低下を憂いるべきか。どちらにせよ、上様の御世《みよ》には不要なものだ」

「…………」

うかつな同意は分をこえる。良衛は相づちも打たず、無言で流した。

「上様の御世に要る者は、そなたのような賢き者か、吾のように忠誠を捧《ささ》げた者だけ。それ以外は邪魔でしかない」

「わたくしなどとても」

言う柳沢吉保に良衛が謙遜《けんそん》した。

「……今更逃げられるとでも思っておるのか」

柳沢吉保が険しい表情になった。

「とんでもない。わたくしは代々徳川《とくがわ》の家人でございまする。上様のお役に立つことが本分と承知いたしておりまする」

良衛が建前を口にした。

「ふん、わかっておればいい」

柳沢吉保が表情を緩めた。

「しかし、ことが外へ漏れすぎておるな」

「その懸念はございまする」

良衛も同じ思いであった。

「上様のご体調が優れぬ。あるいはお子さまができぬなどと評判になれば、愚か者どもがまたぞろ動き出すだろう。四代将軍家綱《いえつな》さまのときのように」

苦い顔で柳沢吉保が述べた。

四代将軍家綱には正統な跡継ぎとなる実子がいなかった。それが家綱の危篤に伴って大きなもめ事を生んだ。

そのとき将軍を継ぐ権を持っていたのは、家綱の弟館林《たてばやし》徳川綱吉《つなよし》、甥甲府《おいこうふ》徳川綱豊《つなとよ》、そして御三家の当主たちであった。

しかし、ときの大老酒井雅楽頭忠清《さかいうたのかみただきよ》は徳川家の血筋とはかかわりのない宮将軍こそ泰平の世にはふさわしいとして、京の宮家を持ち出してきた。

酒井雅楽頭の権力は、将軍から徳川の血を排除する寸前までもっていった。しかし、堀田《ほった》備中守《びっちゅうのかみ》正俊《まさとし》の活躍で宮将軍は露と消え、綱吉が五代将軍となった。将軍の弟、前将軍の息子がいてもこの体たらくなのだ。一つまちがえば、徳川幕府は徳川家のものではなくなっていた。

そして今回は、さらに条件が悪い。

御三家については同じだが、将軍の兄弟はいない。いるのは甲府宰相綱豊とその弟越智《おち》清武《きよたけ》の甥二人である。どちらも生母の出自が不足し、なかなか公子として認められなかったという経緯を持つ。今でこそ甲府家当主となっている綱豊でさえ、父綱重《つなしげ》が亡くなる少し前まで家臣の新見《しんみ》家へ預けられていたほどである。

このような状況で、もし将軍継嗣がおこなわれるとなれば、どれほどの面倒が起こるかは容易に想像が付く。

そもそも家綱から綱吉の相続が、ほとんど奇襲に近い形でおこなわれた割りにも め事にならなかったのは、綱吉に血統の正統性と正当性があったからだ。

綱吉は三代将軍家光《いえみつ》が二条《にじょう》家の家宰　本庄《ほんじょう》氏の娘桂昌院《けいしょういん》に生ませた子供である。公家《くげ》ともいえぬ低級とはいえ、本庄氏の血筋に問題はなかった。

対して甲府綱豊と越智清武の母は北条家《ほうじょう》の旧臣田中《たなか》某という浪人の娘であり、武士でさえない。

天下の武士を統べる者の生母が武士でないのはつごうが悪い。かならず、これを言い立てる者は出てくる。

いや、朝廷が将軍宣下《せんげ》を認めないこともありえる。

なにせ北条氏は正親町《おおぎまち》天皇が豊臣秀吉《とよとみひでよし》に天下安寧を願って出させた惣無事令《そうぶじれい》に違反した謀叛人《むほんにん》なのだ。その謀叛人の家臣の血を引く者が、朝廷から大政を預けられるなど不遜《ふそん》の極みと強弁できる。

そうなっては大事になる。

幕府が決めた跡継ぎを朝廷が認めないとなれば、天下が揺れる。さすがに朝廷が倒幕の詔勅を出すとは思えないが、幕府との仲は悪くなる。

このことを好機ととらえる者はかならずいた。

「……はい」

家綱と綱吉の継承、そこにかかわる騒動に良衛も巻きこまれた一人であった。いや、自ら踏みこみ、五代将軍綱吉誕生最大の功労者堀田筑前守《ちくぜんのかみ》正俊刃傷の真相を暴いている。

柳沢吉保の危惧を良衛は十分にわかっていた。

「一応釘《くぎ》は刺しておきましたが、あのままあきらめられるとは思えませぬ」

「あきらめまい」

良衛の心配を柳沢吉保も認めた。

「戦がなくなったことが原因だ」

柳沢吉保が苦虫を噛《か》み潰《つぶ》したような顔をした。

「泰平はありがたいことでございまする」

「わかっておるわ。泰平なればこそ、徳川は安泰である」

良衛の返答に柳沢吉保がうなずいた。

「だがな、矢切。武士とは戦うものなのだ」

「……たしかに」

矢切家ももとは徳川家の足軽だった。戦場で生き残り、子々孫々までの禄を得た。良衛にとってあくまでも医業は余技であり、本業は武芸であった。

「そして武士は上を見るものでもある。下克上が乱世とはいえ、生まれたのは武士が上を目指すからだ」

「下克上……」

良衛は息を吞《の》んだ。

「だが、今はそれが許されぬ。謀叛は大逆であり、決して認められぬ」

「はい」

柳沢吉保の意見に良衛は深く同意した。

謀叛は一人でできるものではなかった。将軍一人を害するだけならば、一人でできるかも知れないが、その後天下を簒奪《さんだつ》するとなれば文武両方の人が要る。文は天下の政《まつりごと》を担当する者、そして武は新たな権威を守る者。これがなければ天下は成立しない。

だが、将軍を擁立していた側にしてみれば、簒奪を見逃すわけにはいかない。当たり前だ。簒奪を認めれば、今まで甘受してきた権利を譲ることになる。

徳川家が将軍だからこそ、譜代《ふだい》大名があり、旗本がいる。徳川以外が将軍となれば、譜代大名は外様《とざま》大名になり、旗本は陪臣となる。

当然、境遇の劣化を受けいれられるわけもなく、反抗がなされる。そうなれば、ふたたび天下は麻のように乱れ、血で血を洗う戦国に戻る。

徳川による圧政ではあるが、将軍があるかぎり天下は泰平なのだ。

「泰平、すなわち戦がない。これは活躍の場を失った武士にとって苦痛である。禄は増えず、名誉も与えられない」

「わかりまする」

　良衛が首肯した。

「手柄を立てて立身という夢が見られないというのは辛《つら》い。その落胆する武士たちに与えられたのが役目だ」

「…………」

　柳沢吉保の話に良衛は黙った。

「禄をもらっているのだ。褒賞がなくても働くのが当たり前だ。だが、人というのは欲がある。生まれたときから与えられている禄を当然のものとして感謝をしなくなり、もっともらってもいいはずだと思いだす」

　淡々と柳沢吉保が続けた。

「わかるか、家禄だけでは人は動かぬ」

「そのようなことは……」

　断言された良衛は反論しようとした。

「では、そなたは表御番医師《おもてごばん》になる前、幕臣どもの治療をおこなったか」

「……それはっ」

「金をくれる庶民ばかり診ていたのであろう。与えられた禄に見合うだけのこともせず、私腹を肥やしていた」

「出羽守《でわのかみ》さまっ」

私腹を肥やしてと言われた良衛が憤った。

「いや、今のは言い過ぎた。詫《わ》びる」

柳沢吉保が謝罪した。

「医術を徳川のためだけに使ってはいなかった。それは否定できまい」

「…………」

良衛は抗弁できなかった。

「医術が金儲《もう》けの手段だと申したのは悪かった。だが、そなたは生活の基本を禄におきながら、町医としての名声を求めた」

「……求めた……」

否定するだけのものを良衛は持っていなかった。

「その名声が今大路兵部大輔どのに聞こえたからこそ、そなたは娘をもらえ、表御番医師へ推挙された」

「表御番医師になるつもりなどっ」

「たわけっ」

言い返そうとした良衛を柳沢吉保が怒鳴りつけた。

「きさまは幕臣ぞ。御上に仕えてしかるべしである。お役目に就きたくないなどとほざくは不忠である」

「うっ」

正論に良衛は詰まった。

良衛は子供のころから父が患者を治療する姿を見て育った。一応幕臣として恥ずかしくないていどの武芸や礼儀などは学んだが、そこに誇りを見いだしてはいなかった。

現実、今でもさっさと御《お》広敷番《ひろしきばん》医師を辞めて町医に戻りたいと考えていた。たった一人の寵姫《ちょうき》を診るものより、数百の庶民を助ける医師に良衛は憧《あこが》れていた。

幕臣でありながら医者であるという中途半端な立場を甘受していた良衛は、柳沢吉保の糾弾に衝撃を受けた。

「その点からいけば、松平対馬守はまさに忠義溢《あふ》れる良臣であるな」

皮肉げな笑いを柳沢吉保が浮かべた。

「だが、そうでない。松平対馬守は不忠である。その理由がわかるか」

「吾がためだけに出世を願っている」

「いいや」

良衛の答えを柳沢吉保が否定した。

「それだけならば、吾は松平対馬守を相手にせぬ」

冷たく柳沢吉保が切って捨てた。

「あやつは悪臣だ。その理由はな、出世にある」

「えっ……」

良衛は困惑した。

「大目付は五千石高である」

「はい」

「大目付に補《ふ》された者で家禄が役高に満たない者は加増をされる」

当たり前のことを柳沢吉保が述べた。

「もともと松平対馬守の家は二千石であった。そこから出世を重ね、大目付になって五千石となった。つまり三千石の加増を得た」

「わかりまする」

単純な算術である。良衛はうなずいた。

「その三千石は代々受け継がれていく。わかるか、松平対馬守は己の欲望で御上の貴重な禄を末代まで私したのだ」

「………」

「ふん、ならばお前はどうだと言いたそうだな」

口をつぐんだ良衛に柳沢吉保が口の端を吊《つ》りあげた。

「たしかに吾も五百三十石から一千五百石のご恩を賜り、二千三十石となった。だが、吾の出世は松平対馬守のような私利私欲ではない。どのように上様へお仕えするか、どうにかして上様をお支えしたい。そう願ってのものだ。少しでも立場を強くせねば、上様のお力になることはできぬ」

柳沢吉保が堂々と胸を張った。

「はあ」

良衛は毒気を抜かれて、あいまいな相づちをした。

「禄なぞ、方便じゃ。吾が不要になれば返せばすむだけ」

「………」

壮絶な忠義の柳沢吉保に良衛はなにも言えなかった。

「心根が違うのだ。吾とそなた、そして松平対馬守はな。吾は上様に忠誠を捧げ、そなたは医術に心を奪われ、対馬守は吾がことだけしか考えぬ」

柳沢吉保が告げた。

「今回のこと、そなた対馬守を脅したであろう」

「よくおわかりでございますな」

「吾も同じことをしたからの」

感心した良衛に柳沢吉保が苦笑した。

「まずいぞ」

柳沢吉保が笑いを消した。

「なにがでございますや」

良衛が首をかしげた。

「対馬守が暴発する」

「まさか、なにかあればお伝《でん》の方さまにご報告すると……場合によっては上様にお話をするとも」

柳沢吉保の懸念を良衛は手を振ってありえないと言った。

「小者ほど追い詰められれば、逃げ道を作ろうともがくものだ。俎上《そじょう》の鯉となるのは、悟りを得た者だけぞ」

良衛の考えを甘いと柳沢吉保が叱った。

「窮鼠猫を嚙むになると」

「うむ。対馬守を追い詰めすぎた。まあ、あやつが吾で駄目ならば、そなたと浅は
かなまねをしたからだが……おそらく、もう先はないと考えておるだろう」

柳沢吉保が松平対馬守の心のうちを推測した。

「あり得まする」

やっと良衛も気づいた。

「心構えのない者ほど、なにをしでかすかわからぬ。形だけとはいえ、対馬守には
大目付という権威がある。身分でいけば、そなたはもちろん、吾でさえ及ばぬ」

大目付の職権を利用してくるぞと柳沢吉保が警告した。

「気をつけよ。吾になにかしてくるほどの度胸はないだろうが、そなたには遠慮す
まい。あの手の輩《やから》は医者を武士とは思っておらぬ。医者風情が生意気なと考えてお
るぞ」

「……ご忠告、かたじけなく」

柳沢吉保へ良衛は頭を下げた。

二

半井出雲守《なからいいずものかみ》からの指図を受けた二人の奥医師は、医師溜《だまり》で話を聞くことから始めた。

「本日の上様はいかがでおわす」

桜井玉庵《さくらいぎょくあん》と慈恵《じけい》が別々の奥医師に問うた。

「さきほどの合議で申しあげた通りじゃぞ」

「聞いておらなんだのか」

訊《き》かれた奥医師二人があきれた。

奥医師は将軍という天下の貴人を診る。見落としや誤診は許されなかった。だが、人というものは、己を過信しやすい。担当医だけで話を終えてしまえば、症状や徴候に気づかないということもあり得る。

それを防ぐため、奥医師は当日将軍を診察した者を中心として、全員で合議することとなっていた。

「わかっておる。貴殿の診察を疑っているわけではない」

桜井玉庵があわてて手を振った。

「ならばなんだ」

奥医師が不満げな表情を隠そうともせずに問うた。

「…………」

周囲を窺《うかが》うような態度を桜井玉庵が見せた。

「面倒ごとならば、巻きこんでくれるな」

嫌そうに奥医師が頬をゆがめた。

「上様のお召し上がりになるものに異議があるという話はご存じであろう」

奥医師の願いを無視して桜井玉庵が尋ねた。

「巻きこむなともうしたはずじゃ」

将軍の命にもかかわる問題である。うかつにかかわりを持てば、結果がどちらに転ぼうとも無事ではすまなかった。

「手柄になるとしてもか」

「馬鹿を言うな」

桜井玉庵の誘いに奥医師は乗らなかった。

「手柄を立ててなんになる」

「えっ……」

奥医師に訊かれて桜井玉庵が啞然《あぜん》とした。

「我らの手柄とはなんぞ」

もう一つ奥医師が重ねた。

「将軍家のお身体をお治しすることだ」

桜井玉庵が答えた。

「それは当然のお役目である」

うかつな同意は脚を引っ張られるもとになる。さりげなくかわすのが、役人として長く務めあげる方法であり、そういったものにも気を遣わなければならなかった。

医師にとって患者は治して当然であった。

「台所役人が食事を作るのと、医者が患家を治すのは当たり前のことであり、とりわけて褒められるものではなかろう」

奥医師が首を左右に振った。

当然のことをしただけでは、褒賞はもらえなかった。

また、褒賞をもらうにしても、奥医師は幕府医師の上がり役になる。これ以上の出世はない。

どれだけ功績をあげても、奥医師は奥医師で終わる。典薬頭への昇任は絶対ない。

「むうう」

桜井玉庵がうなった。

「ない出世を夢見るほど、愚昧《ぐまい》はおろかではない」

冷たく奥医師が拒んだ。

「なにを企《たくら》んでいる」

奥医師の目が険しくなった。

「た、企むなどとんでもないことでござる」

桜井玉庵があわてて否定した。

「ただ、愚昧は上様のお身体のことが心配なだけでござる」

「ならば、愚昧も同じじょ」

「…………」

言いわけを流された桜井玉庵が言葉を失った。

「く、悔しくはござらぬのか」

桜井玉庵が口走った。

「悔しい……」

「そうじゃ。そうでござろう。奥医師でもない者の言葉を上様はお採りになり、我ら奥医師をないがしろにしておるのだぞ」

慈恵がおおいなる同意を見せた。

「矢切のことか」

奥医師が確認した。

「そうじゃ。たかが御広敷番医師でしかない未熟者が、お伝の方さまのご寵愛《ちょうあい》をよいことに上様のお脈に口出しをした。これは奥医師の職権を侵したのであるぞ」

ここぞとばかりに慈恵が勢いづいた。

「……たしかにいい気持ちではないな」

奥医師が同意した。

「だが、我らに矢切を非難することができるのか」

もう一人の奥医師が盛りあげようとしていた慈恵に水を浴びせた。

「な、なにが」

慈恵が焦った。

「上様のご体調があれでよいと教えられて、そのまま信じこんでしまったのはどうなのだ」

「致しかたないことであろう。先達がそう言われたのだ。我らはそれに従うしかない」

　桜井玉庵が反論した。

「医師が疑うことを止めた。それで医師と言えるのか。これはひょっとしてと疑うところから診療は始まる。そうであろう」

「…………」

「ううむ」

　正論に桜井玉庵、慈恵の二人は言い返せなかった。

「されどだ、気に食わぬのはたしかである」

　不意に奥医師が方向を転換させた。

「尾下《おした》どの」

　慈恵が目を大きく開いた。

「医師としては納得している。なれど人としては不愉快である」

　尾下と呼ばれた奥医師が告げた。

「であろう、であろう」

　桜井玉庵が我が意を得たりとばかりになんどもうなずいた。

「貴殿らは、どなたの意を受けておる」

「それはっ」

じっと顔を見てくる尾下に桜井玉庵が戸惑いを見せた。

「昨日までなにも言わなかった貴殿が、今朝になって急に変わった。それも畠中《はたなか》どのも一緒にだ。なにかあったと思っても不思議ではあるまい」

「そのようなことはござらぬ」

「誰も……」

「では、御免こうむろう」

「…………」

否定した二人に尾下が背を向けた。

「うむ」

桜井玉庵と畠中と呼ばれた慈恵が顔を見合わせて、うなずき合った。

「あくまでもこれは、経験の浅い御広敷番医師、ましてや本業は外道で本道の知識など持っておらぬ矢切では、上様のご体調を整えられぬのではないかという危惧からのことであるとお知りおき願おう」

「下手な前置きは要らぬ」

背を向けたままで建前を告げる桜井玉庵に尾下があきれた。

「半井出雲守さまであろう」

「……そうだ」

桜井玉庵が首肯した。

見抜かれた以上、すなおに認めるしかなかった。

「やはりの。今大路兵部大輔さまは矢切のおかげで鼻が高い。矢切の足を引っ張るはずはないからの」

尾下が振り向いた。

「出雲守さまか。では、愚昧は失礼しよう」

もう一人の奥医師がそそくさと座を立って離れていった。

「賢い選択だな」

尾下が認めた。

「貴殿はよいのか」

思わず畠中慈恵が訊いた。

「愚昧も半井出雲守さまには与《くみ》せぬ」

「えっ……」

きっぱり断言した尾下に桜井玉庵が間抜けな顔をした。

「当たり前であろう。沈みそうな船にわざわざ今から乗りこむ愚か者はおらぬ」

「では……なぜ」

恐る恐る畠中慈恵が尋ねた。

「愚昧は同僚から問われたことに答えただけじゃ。これならば半井出雲守さまに付いたとは言えまい」

「そう見えるぞ」

桜井玉庵が尾下の言葉に去っていった奥医師を指さした。

「いくらでも抗弁できるわ。これくらい。それにあの波田《はた》どのも声高に騒ぎ立てられはすまい。あの御仁は五十歳をこえてようやく寄合《よりあい》医師から奥医師へのぼられたのだ。三十になる前に上様のお脈を取った矢切を認められまい」

尾下が奥医師を見た。

「ならばよいが……」

「聞きたいのか、聞きたくないのか、どちらなのだ、貴殿は」

いざとなったとたん、踏ん切りをつけられなくなった桜井玉庵に尾下が冷たい声で問いかけた。

「聞きたい」

桜井玉庵が急いで応じた。

「なれば話そう。上様のご様子であったな」

「頼む」

「よしなに」

尾下の了承に桜井玉庵と畠中慈恵が礼を述べた。

「……というところであるな」

「ご回復にむかっておられると」

「と愚昧は診立てた」

確認した桜井玉庵に尾下がうなずいた。

「いや、かたじけない。出雲守さまが気になされての。奥医師の報告が兵部大輔さまにだけなされ、出雲守さまへは知らされておらぬのでな。上様のお身体に問題ないかどうかを確認して参れとの」

桜井玉庵が言いわけをした。

「ふん。まだ建前を言うか」

「それは……」

「のう」

鼻を鳴らした尾下に桜井玉庵と畠中慈恵が顔を見合わせた。

「本音を出すのが、かならずしも良いというわけではない。が、真から味方が欲しいならば、肚のうちを明らかにすべきだ」

「…………」

桜井玉庵が俯《うつむ》いた。

「今回限りじゃ」

さっさと行けと尾下が手を振った。

「そんな……」

「話だけでも聞かせてもらえぬか」

桜井玉庵と畠中慈恵がすがったが、尾下は無視した。

「……かたじけない」

「礼を申す」

二人があきらめて離れていった。

「典薬頭さまに従うのもよいが、奥医師は上様の侍医じゃ。うかつなまねをして、上様になにかあれば、切腹せねばならぬ。その危険に見合うだけのものを差し出してくれぬのならば、味方するわけにはいかぬわ」

尾下が小さく首を左右に振った。

医師溜を出た桜井玉庵と畠中慈恵は、廊下を挟んだ典薬頭の控えでもある檜の間《ひのきま》の襖《ふすま》を少しだけ開けた。

「なんじゃ」

今大路兵部大輔が気づいた。

「出雲守さまは……」

「先ほど出ていかれたぞ。厠《かわや》か下部屋ではないか」

桜井玉庵の問いに今大路兵部大輔が告げた。

「お手数をおかけしましてござる」

「待て」

一礼して去ろうとした桜井玉庵たちを今大路兵部大輔が止めた。

「な、なんでございましょう」

止められると思っていなかった桜井玉庵が目を見張った。

「出雲守どのでなければできぬことか。典薬頭としての役目にかかわることならば、余でもできよう。遠慮せずに申せ」

今大路兵部大輔が尋ねた。

「いえ、典薬頭さまのお役目にはかかわりないことでございまして」

「ほう、役目にはかかわりないと」

「さようでございまする」

確認した今大路兵部大輔に桜井玉庵が認めた。

「そなたたち名前は」

「さ、桜井玉庵と申しまする」

「……畠中慈恵でございまする」

典薬頭の質問に奥医師は答えなければならない。

「桜井と畠中じゃな」

「ではこれにて」

念を押した今大路兵部大輔から桜井玉庵がそそくさと離れようとした。

「待て」

今大路兵部大輔が冷たい声で制した。

「……なんでございましょう」

桜井玉庵が不安そうな顔で問うた。

「そなたたちは奥医師であるな」

「はい」

代表して桜井玉庵が肯定した。

「奥医師とはなんだ」

「なんだとは……」

質問の意味を理解できず、桜井玉庵が首をかしげた。

「奥医師とは上様を拝診する者である」

「はい」

なにを当たり前のことをと桜井玉庵が怪訝な顔をした。

「当番の間は、上様のお身体を第一にせねばならぬ」

「………」

そこまで言われて桜井玉庵が気づいた。

「それが私用で典薬頭を、それも特定の出雲守を探すとはなにごとであるか」

今大路兵部大輔が声を荒げた。

「そのようなつもりは……」

桜井玉庵が蒼白《そうはく》になった。

役人とはいえ、飯も喰《く》えば厠にも行く。同役と雑談の一つもする。だが、これはすべて目こぼしされているだけで、厳格にいけば当番の間は油断なく御役に邁進《まいしん》しなければならなかった。

とくに将軍の命を預かっているともいえる小姓番《こしょうばん》、小納戸《こなんど》、奥医師は当番の間は緊張しなければならないのだ。

今大路兵部大輔の言葉は正論であった。

「申しわけございませぬ」

「心得違いをいたしておりました」

桜井玉庵と畠中慈恵が手を突いて詫びた。

「そなたたちに余は覚えがないということはだ、半井出雲守どのの推挙であるな」

「…………」

訊いた今大路兵部大輔に二人は沈黙をした。

「答えぬか」

「…………」

迫った今大路兵部大輔を二人は目を伏せて避けた。

「そうか。典薬頭である余の指図に従えぬと申すのだな」

今大路兵部大輔が怒りを露《あら》わにした。

「職権をもって、そなたたちの役目を解く」

「なっ……」

「馬鹿な……」

二人があわてて顔を上げた。

「当たり前である。医師の触頭《ふれがしら》である典薬頭の指示に逆らう者を、上様の侍医などにさせられるものか。放置しておけば、上様に対しなにをいたそうとするかわからぬわ」

「そのようなことはいたしませぬ」

「いかに典薬頭さまとはいえ、横暴でござる」

桜井玉庵と畠中慈恵が反論した。

「余がまちがっておると」

「……そこまで申しておるわけでは」

凄《すご》まれた桜井玉庵が勢いを失った。

「では、目付《めつけ》に裁決を求めようぞ」

「目付……」

今大路兵部大輔の脅しに二人が顔を見合わせた。

「申しわけございませぬ」

「心得違いでございました。どうぞ、今回はご寛容くださいませ」

桜井玉庵と畠中慈恵が折れた。

「ふむ。余も鬼ではない。奥医師を辞めさせられた者の末路もよく知っておる」

医師が辞任ではなく解任となれば、世間はなにかしくじったなと考える。それが将軍の脈を取る奥医師ともなれば、より注目される。

「当家お出入りはここまでで」

「長らくありがとうございました」

奥医師になったことで増えた大名や豪商といった開業医にとってこれ以上ないありがたい患者たちがあっさりと離れていく。

そうなれば閑古鳥が鳴くというだけではすまず悪評がついて回ることになり、開業医などあっという間に潰《つぶ》れてしまう。

「ああ、みょうな心配はするな。そなたらが半井出雲守どのからなにを頼まれて、なにをしたのかなど興味はない」

「えっ……」

桜井玉庵が間抜けな顔をした。

「どうした。余があらいざらい吐けとでも言うと思っていたのか」

「けっして、そのようなことは」

必死で桜井玉庵が否定した。

「ふん、どうせくだらぬことじゃ。聞き出す価値もなかろう」

「…………」

軽くあしらう今大路兵部大輔に桜井玉庵は反発せず、頭《こうべ》を垂れた。

「半井出雲守どのの要求は叶《かな》えていい。ただし、当番を終えてお城を出てからじゃ」

「今話せと半井出雲守さまがお求めになられてもでございましょうや」

今大路兵部大輔の指示を受けて、桜井玉庵が尋ねた。

「もちろんである。もし、話したとあれば、余はためらわずに目付のもとへ参る」

「……っ」

淡々と言った今大路兵部大輔に桜井玉庵が息を呑んだ。

「わかったならば行け」

今大路兵部大輔が手を振った。

三

良衛は忙しい毎日を繰り返しながら、綱吉の生まれてからについて調べていた。

「右筆《ゆうひつ》部屋にあるものもすべて閲覧してよい。矢切の行動を阻害しようとした者は、厳罰に処す」

綱吉が厳しく命じてくれたおかげで、良衛は表右筆部屋への出入りを特例として認められた。

表右筆は組頭で役料三百俵、組士で役料百五十俵と身分はかなり低いが、その権力は大きかった。

幕府でおこなわれていたすべてを記録するだけでなく、表右筆は大名、旗本の家督相続、役目の任免にもかかわった。

とくに家督相続が表右筆の権を大きくしていた。

大名であろうが旗本であろうが、家督相続の手続きは厳格におこなわれなければならなかった。

まず前当主の隠居あるいは死亡などの届けを出し、それが受理されなければならなかった。

死亡にかんしては検死がおこなわれ、疑義があれば当然書付は保留になる。また隠居は将軍家の了解を得てからでないと認められない。

これがすんで初めて次期当主のことに移れる。もちろん、家督を相続してもよいという将軍あるいは組頭などの許可が出てからになる。

どちらにせよ、最後は表右筆が分限帳《ぶげんちょう》に記載して手続きは終了し、家督相続はなる。

つまり、表右筆が分限帳に筆を入れない限り、家督相続は有効なものとならないのだ。

もちろん、これらは表右筆の役目であるから、まちがいなくなされはする。ただ、幕府の書付も合わせると膨大な数を処理するため、どうしても重要度でどこから片付けるかを勘案しなければならない。

それをおこなうのが表右筆であった。

「ご老中《ろうじゅう》さまからのお指図である」

「御三家《ごさんけ》紀州《きしゅう》さまからの要望でござる」

こういったあたりだと表右筆も最速で取り扱う。

しかし、外様大名だとか、旗本とかになれば、表右筆の扱いが格段に悪くなった。

「後回しじゃ」

「こちらが急ぎである」

それこそ茶を飲む暇どころか、厠へ行くことも難しいほど表右筆は忙しい。どうしても回されてくる書付への不満はたまる。その不満の行き先として、もっとも家督相続が選ばれやすい。

しかし、後回しにされる大名や旗本にしてみればとんでもない話であった。

跡継ぎなしはお家断絶が幕府の祖法である。由井正雪《ゆいしょうせつ》の起こした慶安《けいあん》の変の影響で、昔ほど厳格に運用はされないが、それでも廃法にはなっていない。

隠居願いを出して認められるまでに死亡してしまえば、いきなり改易の危機になる。跡継ぎとして将軍への目通りもすんでいればいいが、子供が幼いとか、病がちとかでまだ終わっていなければ、建前として跡継ぎなしになる。

なんとしてでもすぐに処理してもらわなければならない。

となれば、金が動く。

「よしなに」

金あるいは音物《いんもつ》を表右筆に届け、気遣いを願うのだ。

「ご隠居届けでござるな。明日にでも決裁いたしましょう」

「相続の願い。お任せいただこう」

人というのは金に弱い。ましてや薄禄の旗本からすれば、金をくれる人はなによりありがたいのだ。当然、金をくれた人の書付は最優先で処理され、賄賂《まいない》を出さなかった者の書付は、そのしわ寄せを受けることになる。

こうして表右筆は裕福になった。

「お世話になりまする」

良衛は最初に表右筆組頭二人にあいさつをした。

「上様のお言葉ゆえ、出入りを認めるが……」

表右筆組頭の一人が険しい顔をした。

老中から幕政の前例調べなどを命じられる表右筆だけに、幕府の密事にかかわることもある。それらの書付が表右筆部屋で、無造作に置かれているときもある。

表右筆組頭の注意は妥当なものであった。

「上様のご信頼を裏切るようなまねはいたしませぬ」

良衛が強く言った。

「……ならばよい」

老中とでも話のできる表右筆とはいえ、将軍を相手にできるはずはなかった。ゆえなく良衛の邪魔をしたり、讒言《ざんげん》をしたりして、それが表沙汰になれば、確実に切腹させられる。

表右筆組頭が良衛の立ち入りを認めた。

「おい、仁科《にしな》。ここへ参れ」

若い表右筆を組頭が呼びつけた。

「なんでございましょう」

書付を処理していた若い表右筆が面倒くさそうに近づいてきた。

「この医者の手伝いをいたせ」

「かなり書付がたまっておりまする」

組頭の指示に仁科と呼ばれた若い表右筆が嫌だと婉曲《えんきょく》に言った。

「上様のお指図ぞ」

「……上様の」

組頭の一言で仁科が雰囲気を変えた。

「上様のお指図とあれば従いますが、そうなれば……」

ちらと仁科が己の文机《ふづくえ》に目をやった。

仕事ができなくなる、あるいは遅くなると正直に告げるのは、役人として悪手であった。任にふさわしいだけの実力がないと取られかねないからだ。

かといって無理を承知で引き受け、もし書き間違いなどの失策を犯したら咎《とが》めを受ける。止むを得なかった、過労気味であったなどと認めてはくれない。

「……なんとかならぬか。他の者も手一杯じゃ」

言われた組頭が苦い顔をした。

「わたくしも手一杯でございまする」

組頭が手一杯と口にしたおかげで、仁科も無理だと述べられた。

「むう」

手間をかけさせてくれると組頭が良衛を睨《にら》んだ。

「………………」

良衛は沈黙を守った。

綱吉の命を拒める者など幕府にはいない。また、嫌がらせなどもできようものではなかった。

「表右筆どもが、助力を嫌がりまして、調べがまったく進みませず」

こう良衛に告げ口をされたら、この場にいる全員が終わる。

皮肉を言ったり、眉《まゆ》をひそめたりが精一杯の嫌がらせだと良衛はわかっていた。

「わかった。二十ほど持ってこい」

組頭がため息を吐いた。

「はい」

これ以上の要求はまずい。図に乗って要求を増やすようなまねをすれば、この遣《や》り取りを見ている他の表右筆が怒る。

誰でも己の仕事以上のことをしたくはない。

仁科がうなずいた。

「ずっと付いて回るのではないぞ。要るときだけの手助けじゃ。それ以外は職務に邁進せよ」

別の役目を命じられたのを幸いと手抜きをするようなまねはするなと、組頭が釘を刺した。

「承知いたしておりまする。で、この医師どのの手助けはなにを」

具体的になにをすればいいのかと、仁科が訊いた。

「この医師が求めた書付を過去の棚から探し出してやれ」

「過去の書付を探せと」

組頭の説明に仁科が嫌そうな顔をした。

表右筆の部屋には書庫ともいうべき部屋が付いていた。そこに幕府開闢《かいびゃく》以来の書付がすべて控えられている。ただ、一日に数百は処理される書付が八十年以上分も保管されている。おおよその数にして、八百万を凌駕《りょうが》する。そのなかから特定の一枚を取り出すなど、面倒を通りこして苦行であった。

「上様のお指図ぞ」

もう一度組頭が否やは受け付けられぬと告げた。

「わかりましてございまする」

将軍の命とあれば、ため息を吐くこともできない。仁科が淡々と受けた。

「よろしいかの」

表右筆も忙しいが、良衛も暇ではなかった。お伝の方の診察を終えて昼餉《ひるげ》まで待機する間にことを進めなければならないのだ。昼からは屋敷で医師としての本分である診療をしなければならない。

良衛がそろそろ始めたいと促した。

「勝手にやってくれ」

「どうぞ」

組頭と仁科がそれぞれの立場としての応答《あしらい》をした。

「では、早速でございまするが、奥医師の記録で上様ご生誕からご元服までのものとお亡くなりになった先代上様の同じものを」

「奥医師の日報でよろしいか」

仁科が良衛の要求を確認した。

「それで結構でござる」

良衛が首肯した。

「毎日となるとすさまじい量になりますが、よろしいな」

「たしかに……」

念を押されて良衛が二の足を踏んだ。

「一日一枚としても一年で三百六十枚あるのでござるな」

「一枚ではすみませぬな。奥医師による拝診結果とそれを受けての協議の記録、投薬などの処置があったとすれば、その内容と効果の度合い」

「とりあえず、上様お誕生の歳一年だけで」

良衛は大幅に減らした。

「明日でよろしいな」

「わかりましてござる」

仁科の答えを良衛は受けいれた。

八百万のなかから三百六十を探すのだ。かなり手間がかかるとわかる。

「では、明日」

良衛が表右筆部屋を出ていった。

「よくやったの」

見送った組頭が仁科を褒めた。

「いえ」

仁科が謙遜した。

「書付はすべて項目、年度でまとめられている。すぐにでも出せるが、そうだとわかればいろいろなところから、なになにの書付を見せろとの要求が来る」

「はい」

組頭の危惧に仁科も同意した。

「過去の書付、いわゆる前例というものは、表右筆が握っていてこそよ。老中さまがお考えになられた法度が前例に触れないかどうかを、我らが確かめるからこそ、表右筆の権は維持される。他の者にそれを知られては、我らの足下がゆらぐ」

「よろしかったのでございますか」

前例とか勘定方《かんじょうがた》の決算、家督相続ではなく、将軍の健康にかかわる書付だとはいえ、表右筆以外に閲覧させても問題ないのかと仁科が懸念を表した。

「上様の命ぞ。あの医者が求めた書付を我らが調べ、その結果を報告することもできたがな……我らに医術のことがわかるか。それでもしまちがえたり、大事なものを抜かしたりしてみよ、責任は我らに来るぞ」

「なるほど」

仁科が納得した。

「奥医師の記録なんぞ、今まで一度たりとも要求されたことはない。一日一日の健康など慣例としても使えぬ」

組頭が口の端を吊りあげながら続けた。

「金にならぬ前例など塵《ごみ》じゃ」

「まさに、まさに」

仁科が首肯した。

四

半井出雲守の苛立《いらだ》ちは頂点に達していた。

「桜井、畠中」

医師溜を訪れて、二人の奥医師を呼び出そうとしたが拒まれた。

「お役目中でございますれば」

「本日、夕刻にお邪魔いたしまする」

「なにを悠長なことを申しておる。今、話せ」

断った二人を半井出雲守が急《せ》かした。

「私事を城中ですませるわけには参りませぬ」

「なんのことだ」

桜井玉庵の言葉に半井出雲守が怪訝な顔をした。

「奥医師は城中にある限り、上様のことだけを考えていなければなりませぬ」

畠中慈恵が答えた。

「わけのわからぬことを申すな」

事情がわからない半井出雲守が怒った。

「大きなお声を出されませぬよう」

城中は静穏でなければならない。そのために目付が巡回しており、騒いでいる者を見つけたら遠慮ない糾弾をおこなう。

あわてて桜井玉庵が半井出雲守を宥《なだ》めた。

「むっ」

半井出雲守が周囲を見回した。

「なんじゃ、騒がしい」

檜の間の襖を開けて、今大路兵部大輔が顔を出した。

「今のは出雲守どのか。御上の御座所に近いのだ。あまり愚かなまねをなさるな」

「…………」

今大路兵部大輔に笑われた半井出雲守が不機嫌に横を向いた。

「桜井と畠中、そなたたちも任に戻れ」

「はっ」

「ただちに」

今大路兵部大輔に言われた二人が背筋を伸ばした。

「では、のちほど」

「御免をくださいませ」

桜井玉庵と畠中慈恵が半井出雲守に一礼して、医師溜へ引っこんだ。

「きさまだな」

二人の様子からなにかを感じた半井出雲守が今大路兵部大輔を睨みつけた。

「なんのことかの」

わざとらしいほど今大路兵部大輔が大仰に首をかしげた。

「……体調が優れぬゆえ、失礼する」

憤慨を足音で表して、半井出雲守が去っていった。

「貧すれば鈍すだの、出雲守」

今大路兵部大輔がその後ろ姿を嘲笑《ちょうしょう》した。


矢切良衛の屋敷を深川《ふかがわ》の顔役真野《まの》が守っている。

「とんでもない」

「御免蒙《こうむ》ろう」

半井出雲守の用人真田《さなだ》は伝手《つて》を頼って矢切家襲撃の人数を集めようとしたが、どの無頼も首を縦に振らなかった。

「いつ大川《おおかわ》に浮いても後悔はいたしやせんが、自ら首を差し出す気にはなりやせん。ご勘弁を」

真田が最後に頼った両国広小路《りょうごくひろこうじ》を縄張りとしている香具師《やし》の親分も拒絶した。

「なんとかならぬか」

「前の辰屋《たつや》が占めていたころの深川ならば、どうにでもなりやしたが、今はいけやせん。勝手気ままなはずの無頼どもが真野のもとで固まっておりまして」

香具師の親分が首を左右に振った。

「むうう。それを崩せぬか。何人か寝返らせては……金なら出す」

「どのくらい」

真田が金に糸目を付けないと言ったとたん、香具師の親分の表情が変わった。

「……全部で二十両」

「お話になりません」

真田の口に出した金額を香具師の親分が鼻で笑った。

「たかが無頼であろう。それを二人、三人くらい寝返らせるなど五両もやれば……」

「五両で命を売る馬鹿は、今の深川にはいやせんよ」

驚く真田に香具師の親分が告げた。

「そんな安い命のものは、深川から追い出されやした」

「追い出された……なら、そいつらを探してくれ」

香具師の親分の説明に真田が身を乗り出した。

「居場所は知ってやす」

「どこだ。どこへ行けば会える。教えよ」

真田が要求した。

「回向院《えこういん》へお行きなされば、いつでも」

「……回向院。まさか……」

香具師の親分の苦笑に真田が息を呑んだ。

明暦《めいれき》の大火、通称振袖《ふりそで》火事で犠牲になった身許《みもと》のわからない者、一家全員が死んで遺体の引き取り手のなかった者を埋葬するために造られたのが回向院であった。

それ以降も回向院は無縁仏を引き受けていた。

つまり回向院にいるというのは、無縁仏として葬られているとの意味であった。

「それだけ深川は厳しいので」

「なんとかならぬか。儂の命がかかっておるのだ」

真田が香具師の親分にすがった。

「御用人さまにはいろいろとお世話になりましたので、なんとかしてさしあげたいのでございますがねえ。手の者に死んでこいとは言えませぬ」

広小路の手下たちを使う気はないと香具師の親分が告げた。

「頼む、頼む」

すでに二度も失敗している。さすがにこれ以上はまずかった。

「役立たずは不要じゃ。暇を与える」

半井家から放逐されれば、真田は浪人になるしかなくなる。この泰平の世で新たな家臣を求める大名や旗本はいない。蓄えてある金で二年か三年はどうにかできても、それ以上は難しい。

真田が必死になったのも当然であった。

「深川のことを知らぬ者を使うしかありませんよ」

「一度使ったが……」

「誰を」

「鬼作《きさく》とか申していた」

「ああ、あやつらでございますか。江戸《えど》へ出てきて、国元でのやり方が通用すると思っていた愚かな連中。よくもまあ、あんな連中を見つけてこられたことで」

香具師の親分があきれた。

「仕方なかったのだ」

「それですめば、苦労はしませんよ。真田さま」

言いわけをした真田を香具師の親分が諭した。

「では、どうすると」

「深川の縄張りを欲しがっている親分に話を持っていくべきでしょう」

問うた真田に香具師の親分が言った。

「おぬしは要らぬのか」

「ただでくださるというなら、いただきますがね。あの真野から奪い取るというならば要りませんよ。わたくしの配下をすべて使い潰しても足りるかどうか。なんとか足りたとしても、こちらはぼろぼろ。深川を味わう間もなく、広小路ごと別の者に奪われますよ」

真田の確認を香具師の親分が否定した。

「では、誰が」

「……そうでございますなあ」

尋ねる真田に香具師の親分が考えこんだ。

「強欲で、自負の強い者……それでいて深川からあまり離れていない」

香具師の親分が条件を口に出した。

「……一人だけおりました」

「どこのどいつだ」

手を打った香具師の親分へ真田が迫った。

「落ち着いてくださいやしな」

真田を香具師の親分が両手で止めた。

「日本堤《にほんづつみ》の峯吉《みねきち》なら」

「……どんなやつだ」

初めて聞く名前に真田が戸惑った。

「日本堤はおわかりでございますな」

「それは知っておる。浅草《あさくさ》の向こう、山谷堀《さんやぼり》の両側にある堤防であろう。たしか新《しん》吉原《よしわら》が近かったと記憶しておる」

真田が答えた。

「さようでございます。峯吉はあの辺りの渡し船や船宿を支配している親分でございます。漁師あがりで気が荒く、昔若いころに江戸の海へ迷いこんできた鯨を一撃で仕留めたというのを自慢にしており、そのときに使った銛《もり》をいつも側に置いているとか」

「そいつが深川に」

「渡し船を支配しておりますから、大川を渡れば深川はすぐ」

確かめた真田に香具師の親分がうなずいた。

「峯吉は吉原が欲しいのでございますよ」

「吉原……あそこは御免色里であろう。御上が認めた唯一の遊郭、無頼ていどが手出しできるものではなかろう」

香具師の親分の言葉を真田は無理だと首を横に振った。

やはり振袖火事で日本橋葺屋町《ふきやちょう》近くから浅草千束村《あさくさせんぞく》へ移されたとはいえ、公認であることには変わりなく、岡場所《おかばしょ》のように町奉行所の手入れを受けないため、いまだに大名や豪商の遊び場所として繁華を極めていた。それだけに町奉行所も気を遣い、無頼の手出しはほとんど不可能であった。

「金さえ積めば、町奉行所の役人を黙らせるのは簡単で」

「……そうだの」

町奉行所の役人が薄禄ながら贅沢《ぜいたく》をしていることは広く知られていた。その金がどこから出ているかも周知の事実であった。

「その金が深川から出るのか」

吉原は月に一万両を稼ぐと言われている。その吉原を手にするには、かなりの金額が要るだろうと真田が気にした。

「深川をすり潰すつもりで絞れば。賭場《とば》の客をいかさまに嵌《は》め、岡場所の女を休まず働かせる」

「そんなことをしては、折角の縄張りが駄目になるだろう」

香具師の親分の言葉に真田が驚いた。

「それだけの魅力が吉原にある。吉原を手にできるなら、深川などどうでもいい。吉原と深川では比べものになりませぬので」

「馬鹿だな。吉原を手にした途端、他の親分から狙われよう」

町奉行所を慮《おもんぱか》って誰も手出ししてこなかった吉原が落ちた。とあれば遠慮をかなぐり捨てる者は山ほど出てくる。

「そのとき、後方からの援助をしてくれる深川が敵になっていれば……勝てまい」

「はい」

「使えるな」

「でございましょう」

真田の一言に香具師の親分が同意した。

「峯吉が滅んだ後の深川をおぬしが手に入れるか」

「空いているならば、いただいても文句は出ませぬ」

二人が声を出さずに笑った。

「助かった。早速訪ねてみる」

「いえ。お気を付けて」

去っていく真田に香具師の親分が頭を下げた。

第三章　前例の壁

一

良衛《りょうえい》は表右筆《おもてゆうひつ》部屋で書付を見ていた。

「御上の密事もある。持ち出すことは許さぬ。筆写もならぬ」

表右筆組頭が厳格な声で命じた。

「矢立《やたて》をお預かりいたす」

仁科《にしな》が良衛の懐から筆記具を取りあげた。

「…………」

良衛は文句を言わず、書付を読むことに集中した。

「覚えきれぬ」

だが、限界は早かった。

「なんとか筆写だけでもお許し願わねば……」

下城を前に良衛は柳沢吉保《やなぎさわよしやす》のもとを訪れた。

「……ふむう」

顎《あご》に手をあてながら良衛の話を聞いた柳沢吉保がうなった。

「表右筆どもの言いたいこともわからぬではない」

柳沢吉保が表右筆の仕打ちに同情を見せた。

「あやつらの矜持《きょうじ》を傷つけたからの」

「矜持に傷を付けた……」

嘆息した柳沢吉保に良衛は首をかしげた。

「奥右筆がことよ。聞いてはおらぬかの」

「名前くらいしか……」

「それもそうかの。あまりお医師とはかかわりがないゆえ」

首を横に振った良衛に柳沢吉保がうなずいた。

「奥右筆はの、上様が館林《たてばやし》から本城へ入られるときに、お側近くで召し使われていた右筆を抜擢《ばってき》したものでの」

柳沢吉保が説明を始めた。

「初めて直系ではない継承をなされた上様はの、幕府右筆どものありさまにあきれられた。前例じゃなんじゃと面倒ばかり申して、いっこうに仕事を早めようとはせぬ。これでは政《まつりごと》が遅れると考えられた上様は、堀田筑前守《ほったちくぜんのかみ》さまとお話をなさり、将軍家の書付だけを扱う奥右筆を設けられた」

「将軍家の書付だけを扱う……なるほど、それで奥右筆と」

良衛が納得した。

将軍御座《ござ》の間《ま》は江戸《えど》城の中奥《なかおく》にある。ここに詰める大名を奥詰《おくづめ》の衆と呼んだり、小姓を奥小姓《おくごしよう》と称したりした。

「当然だが、上様の書付を扱う奥右筆が格上となり、従来の右筆どもは表右筆としてその下に付くこととなった」

「その不満が表右筆にはあると」

「そうじゃ」

確かめるように言った良衛に柳沢吉保が首を縦に振った。

「役人というのは、己の範疇《はんちゆう》に他人《ひと》が入りこむことを極端に嫌う傾向がある」

「ございまする」

幕府医師といえども役人でしかない。良衛もそれは何度も経験してきた。

「患家《かんか》を治すのに要るならば、他人の力を借りてもと思うのでございますが……」

思わず良衛がぼやいた。

「医師でもそうか」

「はい。科が違うとか、格が不足しておるとか、南蛮《なんばん》流は本邦の人には合わぬとか。そんなことを言っている暇があれば、患家のために薬の一つでも作れと」

柳沢吉保の向けた水に良衛は流された。

「それゆえに上様のお身体が芳しくないと思っていながらも、誰一人口にせなんだのだな」

声を低くして柳沢吉保が怒った。

「下手なことを口にして、おまえがまちがっている。昔からこうであったのだとか、申し送りではこうなっていたとか批判され、評判を落としたくなかったのでございましょう。医師というのは評判の仕事。評判が悪ければ、どれほど技術が優れていても患家は寄りついてくれませぬので」

医者としての恐怖はそこにあると良衛が述べた。

「たかが一医師ごときの評判で、上様のご健康が阻害されるなど……どちらが天下のために大事なのか、わかっておらぬのか」

綱吉《つなよし》に忠誠を誓っている柳沢吉保が両手を握りしめた。

大名にせよ、幕臣にせよ、その忠誠は主君個人ではなく、家あるいは将軍に向けられている。それは武士としての在りようがそうなっているからであった。

御恩と奉公、これが武士の形である。禄《ろく》をもらう代わりに戦場で命を投げ出すというものであるが、ここに矛盾が生まれた。

禄をもらっても、己が死んでしまえば意味がなくなる。明日をも知れぬ庶民たちが宵越しの銭を持たないというのと同じなのだ。死んでしまえばどれほどの禄をもらおうが、見事な褒美を手にしようが、使えない。

「死んでたまるか」

そう家臣が考えたら戦は勝てない。そこで武士は功績で得た禄や領地をそのまま相続できるようにした。これが家であり、父がふさわしい働きをしたのならば、その跡継ぎが海のものとも山のものともつかぬ者であっても、そのまま禄や領地を受け継がせる。

「子々孫々の繁栄のためじゃ」

となれば武士は命を惜しまなくなり、名前を惜しむようになる。

これが武士の忠義、その根本になった。

子孫を守ってくれる。家を続けさせてくれる。しかし、その相手が当主ではなくなってきた。乱世では優れた当主が死ねば、大名でも没落した。織田《おだ》家、豊臣《とよとみ》家がその代表である。ゆえに武士は必死で当主を守り、その盾となって死ぬことも厭《いと》わなかった。

だが、天下が泰平になると当主が子供でも平凡でもやっていける。言いかたは悪いが、当主は取り替えの利く冠になってしまった。

当主が死んでも家が残れば、己の家禄はそのまま受け継げる。こうわかった瞬間、武士の忠義の向から先が人から家へと変化した。

将軍も同じであった。いや、よりひどいかも知れなかった。

大名家は幕府によって潰《つぶ》されるときがある。が、将軍は死んでもすぐに代わりが出てきて、そのまま徳川《とくがわ》家は変わらない。

幕臣たちが将軍よりも幕府のしきたりなどを重要視するようになったとしても仕方がなかった。

なにせ先代将軍家綱《いえつな》は、その政のすべてを酒井《さかい》雅楽頭《うたのかみ》に預け、なにを聞かれてもそうせいと答えたことから、そうせい公という陰口をたたかれていたのだ。

役人たちが政に興味を持たない将軍を相手にしなくなって当然であった。

「なんのために奥右筆ができたかを反省し、どうすれば上様のご信任を得られるかを考えてこそではないか。それを奥右筆は上様の書付を担う貴き役目ゆえ、その他のもので手をわずらわせては申しわけなしと口実にもならぬことを言い立てて、過去の書付を引き渡そうともせぬ……」

柳沢吉保が憤った。

「…………」

しばらく柳沢吉保が身体を震わせた。

「出羽守《でわのかみ》さま」

顔色を赤くしている柳沢吉保を良衛が気遣った。

「……悔しい。口惜しい。されど今はまだなのだ。上様は分家から入られたという引け目をお持ちである。畏《おそ》れ多いことであるがな。そして堀田筑前守さまが亡くなられてまだ二年……上様が幕政を把握されるには至っておらぬ」

「筑前守さまがなにか」

綱吉の意を体現していた寵臣《ちょうしん》を失った寂寥《せきりょう》とは違った雰囲気を良衛は柳沢吉保から感じていた。

「そうじゃの。そなたも一蓮托生《いちれんたくしょう》じゃ、もう」

柳沢吉保がなんともいえない目で良衛を見た。

「わたくしごときにお聞かせいただかなくとも……」

「逃がさぬ」

遠慮したいと言った良衛を柳沢吉保は許さなかった。

「筑前守さまはの、たしかに上様第一の功臣であった。と同時に上様を押さえつけていた蓋《ふた》でもあった」

「蓋……」

「そうじゃ、蓋よ。上様がのびのびと政をなさらぬよう、上から押さえつけていたのだ。筑前守は将軍親政を認めていなかった」

柳沢吉保が堀田正俊《まさとし》の敬称をなくした。

「…………」

話が大きくなりすぎたことに良衛は沈黙した。

「筑前守が春日局《かすがのつぼね》さまの養子だというのは知っているな」

「はい」

「三代将軍家光《いえみつ》さまのお乳母《うば》であった春日局さまには実子が三人もおられた。それなのになぜか養子を迎えられた。みょうであろう」

「たしかに」

養子というのは、相手側の家との縁を紡ぐために受け取るときや、没落した一族の子を養うために引き取るときもあるが、おおむね家名あるいは財産を継承させるために迎えるものであった。

「筑前守が春日局さまの養子になったのは、家光さまのご命を受けてのことよ」

「お声掛かり……」

柳沢吉保の話に良衛は息を呑《の》んだ。

「そこになにがあったのかはわからぬが、筑前守が春日局さまのご薫陶を受けていたのはまちがいない」

「では、上様ご親政を留《とど》めていたのも……」

「春日局さまのお教えではないかと考えておる」

尋ねた良衛に柳沢吉保が応じた。

「なぜでございましょう。将軍家は天下の大政を朝廷から委任されておりまする。政をおこない天下を泰平に保つことこそ、将軍家のお仕事ではないかと愚考つかまつりますが」

良衛は疑問を呈した。

「春日局さまといえば、三代将軍の座を家光さまにもたらした功績第一のお方。似ておらぬか」

「あっ……」

問いかけられた良衛が愕《おどろ》きの声をあげた。

「そうじゃ。筑前守よ。春日局さまは弟の忠長《ただなが》公に三代将軍の座を奪われそうになっていた家光さまをお助けした」

嫡男でありながら、父秀忠《ひでただ》と母お江与《えよ》の方の愛情を受けられず、溺愛《できあい》されている弟忠長に世継ぎの座を奪われそうになっていた家光は情けなさのあまり自害しようとした。それを知った春日局がひそかに江戸城を脱し、箱根《はこね》の関所を偽って突破、駿河《するが》城で隠居していた家康《いえやす》に直訴した。

「長幼の序をいたずらに乱すものではない」

それを受けた家康の一言で三代将軍は家光と決まり、弟の忠長は駿河五十五万石の大名として家臣の座に降りた。

幕臣ならば誰でも知っている有名な話であった。

「筑前守も同じじょ。正統な将軍継承者であった上様をないがしろにし、京から宮将軍を迎えようとしていた酒井雅楽頭の陰謀を破り、上様を五代将軍とした。養母、養子ともに徳川家の継承を正した忠臣中の忠臣。そのお方が将軍親政を認めないなどあり得ぬと思うであろう」

「はい」

語る柳沢吉保に良衛は同意した。

「三代将軍家光さまの御世《みよ》を存じておるか」

「いいえ、生まれてはおりましたが、あいにくまだ幼く」

訊《き》かれた良衛が首を横に振った。

「そうか。では、松平伊豆守《まつだいらいずのかみ》、阿部豊後守《あべぶんごのかみ》、堀田加賀守《かがのかみ》らの名前は」

「伺ったことがございまする」

続けて柳沢吉保が口にした名前をさすがに良衛も知っていた。

「名高き執政衆でございましょう」

「うむ」

良衛の答えに柳沢吉保が満足そうにうなずいた。

「では、その三人が春日局さまの子飼いだとは存じておるか」

「……知りませぬ」

何度目になるかわからない驚きの声を良衛はあげた。

「三人とも家光さまの稚児であったのは存じておるな」

「…………」

稚児とは男色の相手という意味である。良衛は無言で肯定した。

「家光さまはなぜか女ではなく、稚児を好まれた。これは女にあきれられたからだと思う。いや、女というより、母かも知れぬが」

「母……お江与の方さま」

良衛は目を大きくした。

「幼きときに弟ばかりかわいがり、己には一顧だにしない。そんな女を母と思えるか」

「いえ」

あっさりと隠居して家督を譲って悠々自適の生活を送っている父母ではあるが、しっかりと育ててもらった。

「家光さまがお江与の方さまを母だと思っていなかったという証拠がある」

「証《あかし》が……」

「お江与の方さまが亡くなったとき、家光さまは二日しか服喪なさらなかった。春日局さまの死に際しては七日も服喪を命じられたにもかかわらずだ」

「それは……」

実母ではなく乳母の死を哀しむ。それが子供にとってどれだけ辛《つら》い記憶であり、復讐《ふくしゅう》であるか、良衛にもわかった。

「まあ、そのあたりはどうでもいい。問題は家光さまが稚児を愛されたということだ。乱世では戦場に女を連れていけぬゆえ、稚児を伴った。だから家光さまのおこなわれたことも非難を浴びるほどではなかった。ただ、問題が二つあった」

「二つでございまするか」

一つはわかるがもう一つがわからない。良衛が首をかしげた。

「稚児の問題だ」

「……稚児に問題が」

良衛は理解できなかった。

「男と女より、男同士のほうが結びつきが強いという。主君から寵愛《ちょうあい》を受けた稚児は、将来どうなる」

「寵臣になりまする」

「そうだ。寵臣は主君の威光を背負っている。その辺りの譜代《ふだい》の臣ていどでは勝てないくらいの権を持つ」

「寵臣が愚かであった場合、幕府が傾く」

「うむ。主君の寵愛をよいことに己や一門の出世だけを願う。あるいは気に入らぬ忠臣を讒言《ざんげん》して追いやる。寵臣のこうした愚かな振る舞いで滅びた家はいくつもある」

柳沢吉保が苦い顔をした。

「家光さまが手を出された稚児がそうならぬという保証はない。そうなっては家光さまが徳川を滅ぼしたと言われかねぬ。それでは春日局さまの努力も無に帰す」

「稚児を選別した。その結果、残ったのが松平伊豆守さまたち」

「おそらくの。春日局さまは選び出した稚児たちを吾《わ》が手もとで育てることで、家光さまへの忠義を骨の髄まで染みこませたのだ」

「なんともすさまじき想い」

良衛は春日局の考えたことに怖れに近いものを嗅《か》ぎ取った。

「そして知ってのとおり、松平伊豆守さまたちは見事な治世をしてみせた。つまり、家光さまの出番はなかった」

「あっ……」

ようやく良衛は気づいた。

「二つ目の問題がここにかかわってくる」

「…………」

黙って柳沢吉保が認めた。

「稚児を愛することの問題は子供が、跡継ぎができないこと。これに集約される」

柳沢吉保が述べた。

「そこに政に気を注がれてみよ、とても女に割く余裕はない。そうなれば家光さまの血を引くお子はできず、四代将軍は忠長さまの系統に奪われる」

「駿河まで行った努力が無になる」

良衛が口にした。

「なんとしてもそれは防がねばならぬ。そのために春日局さまは家光さまの御世をよきものとするだけの能力を持った稚児を集めて育てた。こうすることで家光さまを政から切り離し、子作りにお励みいただこうとした。結果、家光さまは女を召され、家綱さまを初め五男一女を儲《もう》けられた」

柳沢吉保が続けた。

「それと同じことを筑前守はしようとした。いや、そうするしかなかった。それこそ正しいと養母から教えこまされていたからの」

「筑前守さまが上様の蓋だったとはそういうことでございましたか」

良衛は話を飲みこめた。

「ゆえに幕臣どもは、上様にご治世をなさるだけの力がないと思いこんでいる」

「筑前守さまの策の余波」

「この状況を変えるには相当の年月がかかる。もちろん、いきなり上様が政をなされても問題はないが……」

「無理は軋轢《あつれき》を生む」

「小役人ほど、変革を怖れる。愚かな者どもによって上様のお名前に傷が付くようなことは避けねばならぬ。しばしのことじゃ、辛抱せよ」

柳沢吉保が良衛に釘《くぎ》を刺した。

「わかりましてございまする」

そこまで聞かされて反論はできない。

良衛は素直に従うと頭《こうべ》を垂れた。

二

柳沢吉保から諭された良衛は、表右筆部屋での不満を押し殺し、書付の内容に集中しようとしていた。

「……おかしい」

書付をめくる手が止まった。

「昨日は柳沢さまの気迫に押されて気にしていなかったが……堀田筑前守さまと春日局さまのご縁がみょうだ」

柳沢吉保は家光の指示で堀田正俊が春日局の養子になったと言っていたが、落ち着いて考えれば、腑《ふ》に落ちない。

春日局には実子が三人いた。その一人に教えこめばいい。

「実子が歳を食い過ぎて……」

春日局は戦国のころ織田信長《のぶなが》の配下だった美濃《みの》衆の一人斎藤内蔵助利三《さいとうくらのすけとしみつ》の娘で、同じ美濃衆の稲葉《いなば》正成《まさなり》に嫁いだ。そこで三人の子を産み、三人目の稲葉正利《まさとし》を生んだ直後に家光の乳母として幕府に仕えている。当然、三人の子供は家光よりも歳上になった。

「仁科どの」

気になった良衛は世話役として付けられている若い表右筆に声をかけた。

「なにか」

己の仕事を処理していた仁科が邪魔をされたと不機嫌な顔を見せた。

「春日局さまの息子たちのものをお願いいたしたい」

「なぜそのようなものを」

良衛の要求に仁科が疑問を呈した。

「委細は申せませぬ」

そもそも表右筆に書付の提示を求めたのも、医師として綱吉の体調を把握したいからという名目であった。将軍の健康にかかわることは、天下の秘事になる。

「病を得られているらしい」

「ご本復は望めないとか」

すでに西《にし》の丸《まる》に世継ぎがいる場合はさほどの問題にはならない。せいぜい、城中の片隅で立ち話の種になるていどですむ。

しかし、綱吉のように跡継ぎがいない場合は騒動のもとになった。

ないか」

「いや、神君家康公は本家に人なきとき、御三家《ごさんけ》から出せと仰せられたというでは
「甲府《こうふ》公であろう。上様の甥御《おいご》とお血筋が近い」

「次はどなたが……」

いろいろな人物の名前が噂として飛び交うことになる。

そしてこの噂には利害がからんだ。

「次の将軍家になられるのは、お方さまでございまする」

「将軍として天下に号令なさるにふさわしいお方は、あなたさましかおられませぬ」

将来を見こしてすり寄る者が出だし、やがてその者たちの間で争いが始まる。

「格を考えろ」

「ご生母さまのご身分が卑しすぎぬか」

貶《けな》し合いは幕府を割る。

さすがにこの機を狙って外様《とざま》大名の島津《しまづ》が、前田《まえだ》が、伊達《だて》が挙兵することはない。

とはいえ幕政に大きな混乱を生む。

「理由をお聞かせ願えぬのならば、書付は出せぬ」

面倒そうに拒んで、仁科が仕事に戻った。

「…………」

無言で良衛は立ちあがった。

「もうよろしいのか」

表右筆部屋を出ようとした良衛に仁科が問うた。

「出羽守さまとお話をして参る」

「で、出羽守さまとは……お小姓《こしよう》頭取の」

良衛の答えに仁科が顔色を変えた。

大名や旗本が名乗る官名は朝廷の正式なものではなく、願って使用することを許してもらう制外の官であった。

そのため、人気のある官名は重なることが多く、越前守《えちぜんのかみ》や左《さ》近衛将監《こんえのしようげん》など数人が同時に名乗っているものもある。

仁科が出羽守のことを柳沢吉保かと確認したのは当然であった。

「さよう。今回の調べは、柳沢出羽守さまのご指示である」

「なにをしに……」

柳沢吉保への用件はなんだと仁科が訊いた。

「貴殿の名前をお伝えしてこようかと」

「ひえっ」

仁科が良衛の脅しに悲鳴をあげた。

柳沢吉保が堀田筑前守正俊の後釜《あとがま》として、新たな寵臣となったことを城中の誰もが知っている。

その寵臣にいい意味ではなく、悪い印象で己の名前が告げられる。それは役人として死の宣告にひとしかった。

「ま、待ってくだされ」

仁科が行かせないと言わぬばかりに、手を伸ばして良衛の袴《はかま》の裾《すそ》を摑《つか》もうとした。

「無礼をなさるつもりか」

袴の裾を摑むのは、武士に対する無礼である。良衛が険しい声で咎《とが》めた。

「す、すみませぬ。ただちに、ただちに持って参りますので」

仁科が駆け出すようにして書付の保管部屋へと向かった。

「さわがしいぞ」

表右筆組頭が仁科の様子に顔を上げた。

「お医師どの、あまり騒がれるようならばお断りすることになるぞ」

「貴殿も出羽守さまに名前を知って欲しいようだ」

協力を嫌がる表右筆たちに良衛は腹を立てていた。

「…………」

柳沢吉保の名前に表右筆組頭が下を向いた。

「なんのために医師が表右筆の持つ記録を漁《あさ》っているのか、その重要さを少しは考えていただきたいものだ」

皆に聞こえるよう、良衛が声をあげた。

「表右筆を敵に回す気か」

そこまで言うならばと表右筆組頭が反論した。

「それがどうした。表右筆がいつまでも権を持っていると思うなよ。奥右筆がどう変わるかは、上様のお考え次第じゃ。拙者に表右筆は不要だと上様に言上させたいのか」

「……つっ」

ふたたび表右筆組頭が目を逸《そ》らした。

「お、お待たせをいたしましてござる」

仁科が書付を突き出すようにして良衛へ差し出した。

「かたじけなし」

してもらった限りは礼を返す。良衛は一礼して書付を受け取り読み始めた。

「春日局さまのお子さま方は四人いたのか。三男が子供のうちに亡くなっているので、柳沢吉保さまは三人と言われたようだ」

良衛は書付を捲《めく》った。

「長男が老中《ろうじゅう》にまでのぼった稲葉丹後守《たんごのかみ》さま、次男は尾張《おわり》徳川初代の義直《よしなお》さまに仕えて幕臣から外れ、四男正利さまが……えっ」

思わず良衛は絶句した。

「正利さまは……駿河大納言忠長さまに附けられ、後忠長さまの改易に伴って熊本《くまもと》へ流罪になっている。兄弟で主君がすべて違う。なにより家光さまと忠長さまでは、敵対関係にあるではないか」

良衛が驚いた。

「うん……」

子供の書付には親の経歴も付いてくる。良衛は春日局の夫であった稲葉佐渡守《さどのかみ》正成の項目を見て、目を奪われた。

「稲葉佐渡守正成さまは小早川秀秋《こばやかわひであき》の家老であり、関ケ原の後小早川家を退身して旗本になっている。大坂《おおさか》の陣を終えてから家康さまの孫松平忠昌《ただまさ》さまの付家老となったが、越後《えちご》から越前《えちぜん》への国替えを拒んで浪人、しかし後年同じ二万石で召し出されている。幕府の命に従わなかったにもかかわらず、咎めらしい咎めを受けていない」

ようやく徳川幕府が成立したばかりで、まだ西国大名も力を持ち、いつ天下大乱が再発してもおかしくないときである。幕府はその権威を見せつけるため、些細《ささい》なことで大名を咎めて潰していた。そのなかで転封を拒んで領地を捨て、隠遁《いんとん》しながら、ふたたび大名に復帰できた。家臣が移封を断り、封地を捨てるというのは、主君を見限ったととられてもしかたのないことで、不忠の極みともいえる。

忠義を押しつけることで下克上を防ごうとしている徳川にとって、これは絶対に認めてはならない行為であった。

「春日局さまのお陰か」

稲葉正成は春日局の夫である。書付によると春日局が家光の乳母として江戸に行った後、土佐《とさ》の山内《やまうち》から継室を迎えているが、それでも夫婦であったのは違いない。

「堀田……ここに縁があるな。稲葉正成さまの妾腹の娘が堀田筑前守さまの祖父正《まさ》利《とし》さまに嫁いでいる。もっとも春日局さまと血のつながりはないが、堀田筑前守さまは春日局さまの義理の曾孫になるか」

良衛は確認した。

「稲葉と堀田はずいぶん複雑な関係だな」

書付を置いた良衛が嘆息した。

「家光さまが春日局さまに堀田筑前守さまを養子にとのお言葉があったというが……

……」

しばらく良衛が思案に入った。

「無理があるな」

実子が三人、孫にいたると数倍はいる。さすがに家光に対抗した忠長に仕えていた正利の血筋を迎えるわけにはいかないが、尾張藩士となった次男正定《まささだ》の系統ならば旗本へ戻れる好機である。喜んで孫を差し出したはずだ。

「家光さまではなく、春日局さまが望まれた。多少なりとても縁がある。いや、家光さまを見守っておられた春日局さまにしてみれば、堀田家は近しい。家光さまの寵童堀田加賀守さまは、松平伊豆守さま、阿部豊後守さまを相手にしないほどの寵愛を受けていた」

堀田筑前守正俊の殿中刃傷を調べたことのある良衛は、その父加賀守正盛《まさもり》のことも調査していた。

家光の堀田加賀守正盛への寵愛は図抜けて深く、屋敷への御成でも堀田家へは二十二回もおこなったが、松平伊豆守と阿部豊後守のもとには二回ずつしか行っていない。

「家光さまの閨《ねや》に侍《はべ》ることはなくなっても、寵愛は薄れていない。堀田加賀守さまが病になったときの家光さまの心配振りはいまだに話題になる。当然、家光さまの母代わりの春日局さまも堀田家とは親しくしていただろう。春日局さまが堀田筑前守さまの素質を見抜く機会はあった。ただ、養子に迎えるのは難しい」

養子は家督の問題にからんでくる。とくに家光の信頼厚い春日局の跡継ぎとあれば、下手な大名よりも価値がある。

春日局が堀田正俊を養子にと考えても、息子たちは決して納得しない。

「吾が孫を」

武家は血筋を大事にする。こう言われると春日局でも抗《あらが》いがたい。

「孫たちに素質はなかったのだろうな」

あればわざわざ縁遠い曾孫を養子にせず、血のつながりのある孫を選ぶ。

「血筋を押し出してくる吾が子たちを抑えつけるには、家光さまのお声掛かりとするしかなかった」

良衛は堀田正俊を求めたのは春日局であり、それをなすに邪魔となる血筋を排除するために家光の名前を借りたのではないかと考えた。

「柳沢出羽守さまのお考えは当たっているか」

良衛は腕を組んだ。

三

中根《なかね》新三郎《しんざぶろう》は屋敷で久吉《ひさきち》と最後の打ち合わせをしていた。

「矢切《やきり》の小者《こもの》は、かなりの遣い手のようでございまする」

「他には」

久吉の報告に中根新三郎が先を促した。

「矢切の屋敷を見張っている者が一人おりました」

「見張っている……矢切の敵か」

「そこまでは」

わからないと久吉が首を左右に振った。

「跡を付けるわけにも参りませず」

「すまんの、贅沢《ぜいたく》を言った」

良衛を襲うたびに人数を減らし、かつては百をこえた漂泊衆も今では両手に満たない。うかつなまねをして良衛以外にも敵を作ってしまっては、最初の目的さえ果たせなくなる。

「見張りは一人か」

「はい」

もう一度確認した中根新三郎に久吉がうなずいた。

「敵か、味方かわからぬならば、最初に片付けるべきだな」

中根新三郎が乱世のやり方を主張した。

「では、そのように」

久吉も同意した。

「いついたしまする」

「さすがに矢切の屋敷を訪れている民を巻き添えにするのは忍びぬ。あの者どもも徳川家の民なのだ」

さきほどとは正反対の考えを中根新三郎が口にした。

「では、夜中に」

「完全に日が暮れてからは避けるべきだ。矢切の屋敷の外を見知ってはいても、なかを確認しておらぬ。普通の武家屋敷ならばあまり構造に変化はないが、矢切の屋敷は医者としていろいろと手が加えられている」

「たしかに。あの石高と身分では許されぬ玄関式台もございました」

中根新三郎の危惧《きぐ》を久吉も認めた。

「罠《わな》があるとは思わぬが、闇を手探りでは抜かりが出る。もし、矢切を逃すようなことがあれば、御上が敵になる。明日から漂泊衆は町奉行所に儂《わし》は目付《めつけ》に追われる羽目になり、江戸に潜み続けるだけでも困難になりかねぬ。そうなれば、二度と矢切を狙うことはできまい」

「御上は中根新三郎さまの援助をなさっては……」

首を左右に振る中根新三郎に久吉が問うた。

「二代秀忠さまの御遺命を承ったのは、中根壱岐守《いきのかみ》とご臨終に立ち会った医師だけじゃ。他の者は知らぬ。台所役人などは、すべて壱岐守が手配した。その後の出世のこともな」

感情の籠《こ》もらない声で中根新三郎は祖父のことを呼び捨てた。

中根壱岐守正盛《まさもり》は二代将軍秀忠の小姓を皮切りに、小納戸《こなんど》、側衆《そばしゅう》、大目付《おおめつけ》と破格の出世を果たした。家禄も二百二十石から五千石へと増やされ、一時は松平伊豆守たちと遜色《そんしょく》ないほどの権を振るった。

「三代にわたってのことを差配された」

久吉が驚いた。

「それくらい、あの壱岐守には容易なことだったろうよ。なにせ家光さまにとって仇敵《きゅうてき》に近い秀忠さまの寵臣だったにもかかわらず、家光さまの御世で側衆、家綱さまのもとで大目付という要職にのしあがっている。並の者ならば、秀忠さまが亡くなった後、逼塞《ひっそく》して家光さまのお怒りを避けるか、あるいは家光さまの忌避にあって没落しているか。それを出世しているのだ。どれだけ壱岐守が化けものかわかろう」

中根新三郎が吐き捨てるように言った。

「…………」

大きな音を立てて久吉が唾《つば》を呑んだ。

「ずっと家光さまの系統を根絶やしにすることだけを考えて、当の本人に誠心誠意仕える。化けものでなければできまい」

「…………」

身分からいって同意はできないが、否定することもできない。久吉が口をつぐんだ。

「……中根さま」

「なんじゃ」

「一つお伺いしてもよろしゅうございましょうか」

思いきって久吉が質問の許可を求めた。

「なんでも訊け。ここまで一緒だったのだ。もう、そなたは儂の家族よ」

中根新三郎が促した。

「畏れ多いことでございますが、甘えさせていただきまする」

すっと久吉が背筋を伸ばした。

「秀忠さまは、なぜそこまでして家光さまのお血筋を絶やそうとなさっておられるのでございましょう」

「当然の疑問である」

中根新三郎が久吉の疑問を正当なものだと首肯した。

「あいにく、儂も知らぬ」

「えっ……」

祖父から漂泊衆を預けられ、後始末を任された中根新三郎が知らないはずはないと考えて問うた久吉が唖然《あぜん》とした。

「無理もない。これは真実なのだ。儂にも壱岐守は詳細を語らなかった。ただ、命を果たせとして別家を立てさせた」

「それで中根さまは納得なされたのでございまするか」

「ふん、そんなわけはなかろう。儂も壱岐守を問い詰めたわ。それでも壱岐守は頑としてしゃべらなかった。ただ……」

「ただ……」

途中で言葉を切った中根新三郎の先を久吉が求めた。

「一言だけ壱岐守は漏らした。秀忠さまのご厚恩に報いるにはしかたないことだと。中根の家は、秀忠さまの御為にあると」

「秀忠さまのために」

「それ以上は何一つ言わなかった。儂は本家を継いだ弟を問い詰めた。なぜ、儂が壱岐守の後始末をせねばならぬのかと。表に出ることなく、ただ、ただ旗本の一人として朽ちていかねばならぬのはなぜかと」

「弟さまが家督を……」

珍しいことに久吉が驚いた。

「ちなみに吾が母と弟の母は同じぞ」

妾腹《しょうふく》ということで家督から外されたわけではないと中根新三郎が苦笑した。

「で、弟君はなんと」

「弟はなにも聞かされていなかった。本家を継いだ者には教えたくなかったのだろう。いや、中根の呪いを子々孫々まで伝えたくはなかったのではないか、壱岐守は」

大きく中根新三郎が嘆息した。

「すでに兄は病で死んでいる。もともと病弱で早くから隠居していたからな。いや、あれもひょっとすれば、この話を知らされた重さに耐えかね、気を病んだ結果かも知れぬ」

「それで本家を継がれた弟君には……」

「過保護なことだ。儂には押しつけた癖にな」

中根新三郎が荒い声を出した。

「では、わけもわからず、中根さまは死なねばならぬと」

「そうなるの。そなたたちもだが。申しわけないと思う」

あきれる久吉へ中根新三郎が詫《わ》びた。

「中根さま、そのようなまねをなさいますな」

町人に旗本が頭を下げて謝罪するなど、あり得ていい話ではなかった。

「無駄死にさせるようなものだからな。ただ、壱岐守の呪縛《じゅばく》で死へと追いやるようなものだ。儂が謝ったていどではどうにもならぬとはわかっておるが、これしかできぬ」

ふたたび中根新三郎が頭を下げた。

「いえ、わたくしどもも漂泊の民であったという過去を消さねばなりませぬ。我らがいなくなれば、残された者の誰も過去を持ち出しますまい。そうすれば代を重ねていくうちにわからなくなりましょう。孫の代には漂泊衆などという怪しげな連中がいたことなど、闇に埋もれて消えまする」

久吉も過去の清算を求めていた。

「すまぬな」

「いえ。で、決行はいつにいたしましょう」

日時を久吉が尋ねた。

「最後に家族とゆっくり話をするがいい。明後日の夕刻七つ（午後四時ごろ）に矢切の屋敷近くの辻《つじ》で会おう」

「お気遣いありがとうございまする」

久吉が礼を述べた。

「来ない者がいても儂は恨まぬ。そう、皆に伝えてくれ」

「……はい」

中根新三郎へ手を突いて久吉が去っていった。

「……なんと詫びていいかわからぬ。大義名分もなく、ただ人を殺せと命じるのは人の道にもとる。だが、天下の静謐《せいひつ》を守るためにはやむを得ぬのだ。許してくれ。話してはならぬのだ。話せば、ことが終わり無事に生き残ったとしても、口封じをせねばならなくなる。家族だと思っているおまえたちを吾が手にかけたくはないのでな」

一人になった中根新三郎の独り言は誰にも聞かれることなく消えていった。

良衛は春日局のことを柳沢吉保ではなく、大奥のお伝《でん》の方に問うことにした。

「お変わりございませぬ」

翌朝、良衛はお伝の方の診察を終えた後、話を切り出した。

「お方さま、いささかお伺いしたいことがございまする」

「……………」

「なんじゃ」

願いに応じようとしてくれたお伝の方に、良衛は無言で周囲を見た。

「津島《つしま》以外は、遠慮いたせ」

すぐにお伝の方が他人《ひと》払いを命じた。

「かたじけのうございまする」

深々と良衛は腰を折った。

「他人に聞かせられぬ話とあれば、上様にかかわりあることじゃろう」

お伝の方が表情を引き締めた。

「まだかかわってくるかどうかは、わかりませぬが……気になりまする」

「そなたが言うならば、まちがいあるまい。なんじゃ、申してみよ」

断言できないと言いわけをする良衛に、お伝の方が信頼を見せた。

「はい。では、春日局さまについてでございまするが……」

良衛が疑問を口にした。

「春日局さまか……」

お伝の方が扇子を顎に当てて悩んだ。

五代将軍綱吉の寵姫《ちょうき》でも大奥創始の春日局よりは格下になる。

「妾《わらわ》は直接お目もじしてはおらぬしの。津島」

「しばしお待ちを」

すっと津島が出ていった。

「で、春日局さまのなにが気になるのじゃ」

お伝の方が訊いた。

いかに御広敷番医師《おひろしきばん》とはいえ、将軍家の寵姫と二人きりになるのはよろしくないが、ことが綱吉の命にかかわってくるだけに、余人を入れるわけにはいかなかった。お伝の方にとっても良衛にとってもまずい問題ではあったが、やむを得ないと無言のうちに了承していた。

「はい、このような……」

良衛は柳沢吉保から聞かされた推論と、表右筆の記録を見たところから生じた疑問を語った。

「将軍親政をさせぬとは、無礼千万じゃ」

綱吉のことになるとお伝の方は感情を露《あら》わにする。

「まだ真実と決まったわけではございませぬ」

良衛があわててお伝の方を宥《なだ》めた。

「むう」

頬を膨らませて、お伝の方が不満を見せた。

「堀田筑前守どのは、上様の忠臣であったろうに」

良衛の話からお伝の方が怒っていた。

「忠臣であられましたとも」

別段、堀田正俊とかかわりがあるわけではないが、良衛の不審だけで堀田家が寵姫から恨まれては申しわけない。お伝の方は博打場《ばくちば》の喧嘩《けんか》で殺された実兄の下手人を捕まえるため、綱吉にすがったという既往がある。

「堀田家は上様に無礼をいたしておりました」

などと閨で囁《ささや》かれては大事になった。

「どうしてじゃ」

まだお伝の方の怒りは収まっていなかった。

「政は上様がなされるべきでございまする」

まず良衛はお伝の方の考えを肯定するところから入った。お伝の方を否定すると良衛へとばっちりが来かねないからであった。

「しかし、まず堀田筑前守さまは上様を直接政に触れられないようになされた。これはわたくしの考えで正しいとは言えませぬが、まず、筑前守さまは地ならしをなされたのでございましょう」

「地ならし……」

お伝の方が首をかしげた。

「はい。あのころの幕政は酒井雅楽頭さまを中心に回っておりました。そこにいきなり上様が入られては、酒井雅楽頭さまに従っていた者どもが反発いたしましょう」

「上様に反発するなど、慮外者じゃ」

「ではございます。が、上様に不快な思いをなさっていただくわけには参りませぬ」

「なるほどの。上様に刃向かうような者どもはお目汚しじゃ。そうか、筑前守どのは掃除をいたしていたのだな」

「はい」

良衛がお伝の方の推察にうなずいた。

「そしてもう一つ」

「まだあるのかえ」

お伝の方が驚いた。

「わたくしといたしましては、こちらが主ではないかと考えておりまする」

「ほう……申してみよ」

良衛の言葉にお伝の方が興味を示した。

「和子《わこ》さまをお作りいただきたかったのではございますまいか。もちろん、ご嫡男は徳松《とくまつ》さまで決まってはおりましたが、偉大なる上様のお血筋が男女お一人ずつでは、いささか少なすぎる。将軍家が代々上様のお血筋で続けていくためには……」

綱吉が将軍となったときには、お伝の方が生んだ徳松という男子が一人いた。残念ながら徳松は五歳で病死してしまったが、その子のことを忘れてはならなかった。

「言うまでもございませぬが、そのお腹はお伝の方さまでございまする」

「……そうじゃ」

少しお伝の方の機嫌が悪くなった。

綱吉にはお伝の方以外にも京《きょう》の公卿《くぎょう》清閑寺《せいかんじ》家の姫大典侍《おおすけ》、御台所《みだいどころ》鷹司信子《たかつかさのぶこ》の女中から手が付いた新典侍《しんすけ》などがいる。それらはお伝の方よりも若く、綱吉の寵愛もあった。

「ようは、筑前守どのは上様のお血筋が欲しかっただけだと」

「わたくしはそうではないかと思っておりまする」

確認したお伝の方に良衛は首肯した。

「ふむ。ならば不忠とは言えぬの。上様のお血を末代まで続けたいと願うのは、殊勝なことである」

お伝の方が不機嫌を引っこめた。

「……よろしゅうございましょうか」

「津島か、入れ」

お伝の方が認めた。

「その者は……」

すぐにお伝の方が眉《まゆ》をひそめた。

「調べて参るよりも、実際に春日局さまのことを存じておる者を呼び、お話をさせたほうがよろしいかと愚考つかまつりまして、連れて参りました。お清《きよ》の中臈肝煎《ちゅうろうきもいり》を務めておりまする市川《いちかわ》でございまする」

津島が引き連れてきた五十歳ほどに見える大奥女中を紹介した。

「お仏間のお世話を承っておりまする、市川と申しまする」

大奥女中が手を突いた。

「そなた、春日局さまを存じおるのだな」

お伝の方が市川と名乗った大奥女中に確かめた。

「はい。わたくしは春日局さまの部屋子《へやご》をいたしておりました」

部屋子というのは、主《あるじ》の身の回りの世話をする年若い少女のことをいう。部屋主のもとを訪れた将軍の目に付く場合もあり、見目麗しい者が選ばれ、お手つきとなることもままあった。

「そうか、春日局さまが亡くなられて……」

「春日局さまがお亡くなりになったのは寛永《かんえい》二十年（一六四三）でございましたので、四十年余りになりまする」

「そなたいくつじゃ」

「今年で五十四歳になりまする」

お伝の方の質問に市川が答えた。

「御家人の出じゃな」

「さようでございまする」

お伝の方の推測を市川が認めた。

「よくおわかりになられますな」

「目見え以上ならば、お手つきになっているか、清いままならば年寄にはなっておろうからの」

感心した良衛にお伝の方が述べた。

「聞かせよ」

「春日局さまは、お厳しいお方でございました。一度決めたことは枉《ま》げられず、最後まで通されました。たとえ家光さまのお言葉でも従われないときもございました」

「家光さまのご命を聞かなかったと」

「はい。一つのお話をあげますると、春日局さまのお薬断ちがございまする」

「お薬断ちとは、薬を生涯飲まない代わりに、願いを叶《かな》えて欲しいと神仏へ願うものだの」

お伝の方がうなずいた。

信心深い人は、願掛けとして断ちものをする場合があった。薬の他、酒や茶など口にするものが多かったが、絹物断ちや笠《かさ》断ちなどという身につけるものの場合もあった。

「春日局さまはなにを願われた」

「家光さまのご健康でございまする」

「主君の身体を気遣って、断ちものをするとは忠義のお方じゃの」

市川の答えにお伝の方が感嘆した。

「で、薬断ちは果たされたのか」

「はい。春日局さまはどれほどの病に苦しまれようともお薬を服用はなさいませんでした。とくに晩年、家光さまから薬を飲めと命じられたときも服した振りだけで薬をそっと捨てておられました」

「断ちものはその戒めを破ったとき、大きな反動が来るという。家光さまのご健康を願っての薬断ちを破れば、どのようなことが家光さまの上へ降りかかるかわからぬ。さすがじゃ」

話を聞いたお伝の方が大いに納得した。

四

「矢切、訊きたいことがあるのだろう」

ひとしきり市川と話をして満足したお伝の方が良衛をうながすように扇子を振った。

「ありがとうございまする」

　ようやく質問ができる。良衛はお伝の方へ深々と礼をした。

「あなたさまが、矢切先生でございますな」

　名乗る前に市川が告げた。

「さようでございまするが……」

「なぜ知っているかと不思議でございますか」

　首をかしげた良衛に市川がほほえんだ。

　仏間を担当する大奥女中は、清らかでなければならない。一度でも男と通じた者は、仏間の担当の中臈にはなれない決まりであった。これを清の中臈といい、将軍の手が付いた中臈たちよりも格上とされていた。

　その清の中臈が御広敷番医師にていねいな口調で応じることは通常ない。市川の良衛への対応は、お伝の方への遠慮からだと考えるべきであった。

「南蛮の秘術をもって、上様のご信頼厚きお医師さまのことでございまする。大奥で先生のお顔を知らぬ者はいても、お名前を存じない者はおりませぬ」

　市川が答えた。

「それはなんとも過分なことでございまする」

良衛は苦笑した。

「では、よろしゅうございますか」

もう一度質問を開始してもと良衛が了解を求めた。

「なんなりと」

市川がうなずいた。

「春日局さまは、堀田筑前守さまをご養子となさっておられまするが、どのようになさっておられたのでございましょう」

「それは筑前守さまが春日局さまのお手元で過ごされたかどうかとお尋ねでございますか」

「はい」

確認した市川に良衛は首肯した。

「お手元で御養育をなさいました」

「男子禁制は……」

良衛は驚いた。

「ご存じなかったのでございますか。昔の大奥は女人だけのものではなく、男の方のお出入りもございました」

「なんと」

良衛が驚愕《きょうがく》した。

「まだまだ戦国の気風が色濃く、執政衆が上様のもとへご報告に来られたり、お気に入りの家臣が夜話のお相手を召されたりしておりました」

「それでか」

市川の説明に良衛が納得した。

「なにが、それでかじゃ」

お伝の方が口を出した。

「柳沢出羽守さまが、松平伊豆守さま、堀田加賀守さま、阿部豊後守さまは春日局さまの教えを受けてきたとおっしゃっておられたことと裏打ちがなったと」

「子供ならば問題なかろう」

お伝の方が怪訝《けげん》な顔をした。

「失礼ながら、子供とはなんでございましょう。いつ大人になるのでございましょう」

「元服するまでが子供であろ」

良衛の問いにお伝の方が応じた。

「上様はおいくつで御元服なさいました」

「……津島」

知らなかったのか、お伝の方が津島に代わって良衛に返事せよと命じた。

「上様は承応《じょうおう》二年（一六五三）に御元服なされ、従四位下右近衛《うこんえ》権中将右馬頭《ごんのちゅうじょううまのかみ》さまとなられましてございまする」

津島が答えた。

「上様のお生まれは」

「正保《しょうほう》三年（一六四六）でございまする」

続けて訊いた良衛に津島が言った。

「ということは、八歳で元服なされておられまする」

「むっ」

良衛の言葉にお伝の方が膨れた。

「八歳では、なにもできまい」

お伝の方が閨ごとの話に変えた。

「本邦の記録に六歳で子をなした者がいるとの記載があったように覚えておりまする」

「六歳じゃと……」

聞いたお伝の方が絶句した。

「男は精通が、女は月のものがくれば子をなすことができまする。そして精通も月のものも、いつ、何歳になれば来るというものではなく、一人一人早かったり、遅かったりいたしまする」

良衛が語った。

「わかった」

お伝の方が引いた。

「他には」

市川がまだあるのかとため息を吐いた。

「では、もう一つ。いつから大奥は男子禁制になりましたのでございましょう」

良衛が問うた。

「家綱さまがお生まれになった寛永十八年（一六四一）ごろだったかと」

「それはやはり大奥で生まれ出る子供の正統さを堅持するためでございましょうか」

答えた市川に良衛が質問を重ねた。

「……ふっ」

市川が小さく笑った。

「そう思われましたならば、春日局さまの策は当たりました」

「策だと」

「はい。将軍家の血統に間男の血が入らぬように」

「間男」

市川の口から出た言葉にお伝の方が驚いた。

「出が御家人でございますので、つい下卑た言いかたをいたしました。お詫びいたします る」

市川がお伝の方に謝罪した。

「違うと」

良衛が先を促した。

「大義名分になりましょう、それは」

「たしかに」

笑っている市川に良衛は同意した。

「そういえば、誰も大奥を封じるに反対できませぬ。しかし、おかしいと思われませぬか。大奥という呼称も後に生まれたもので、もともとは奥と呼ばれておりました。そのころの奥には、多くの男衆が出入りしていたのでございまする」

一度そこで市川が口を閉じた。

「……申せ」

お伝の方が途中で止めるなと催促した。

「…………」

それでも市川は沈黙を続けた。

「妾が許す。申すがよい」

「お許しがあるというなれば……」

免罪をお伝の方が口にして、やっと市川が首を縦に振った。

「家光さま、忠長さま、家綱さまがお生まれになるまでは、男の出入りがあったというわけでございまして、今更正統など……」

「それ以上はならぬ」

市川をお伝の方が制した。

「二度とそれを言うな」

お伝の方が市川の口を封じた。

「わかりましてございまする」

あっさりと市川が従った。

「ではなぜ、男子禁制に。する意味はなかったのでは」

良衛が疑問を呈した。

「春日局さまは嘆かれたのでございまする」

「嘆かれたとはなにに」

「家光さまの男色好きに。家光さまは、女を閨に侍らせるより、若い寵童《ちょうどう》の添い寝を好まれました。それをなんとかしようと春日局さまは奔走なさり、まだ身体の発達しきっていない女を大奥へ入れ、髪を短く切り男装させたうえで家光さまの閨へ送りこまれました。これが家光さまの長女を産まれたお振《ふり》の方さままでございまする」

「髪を切る……」

お伝の方が目を大きく開いた。黒髪は女の命であり、これを切るというのは俗世との縁を断ち、仏門に入るとの意味を持つほど重い。

「そこまでせねば、家光さまは女にご興味がなかったそうでございまする」

市川は春日局晩年の部屋子である。このあたりの話が伝聞になるのは当然であった。

「真《まこと》か、それは」

「春日局さまがお聞かせくださいました」

念を押したお伝の方へ市川が返した。

「偽りではなさそうじゃ」

お伝の方がため息を吐いた。

「なんとか、女にお胤《たね》をくださるようになられた家光さまでしたが、それ以降も男色はお続けになり、大奥にまで寵童を連れこまれておられたそうでございまする。そして、問題が起こりました」

「問題だと」

もう良衛をそっちのけでお伝の方が市川と遣《や》り取りした。

「家綱さまがお生まれになりました」

「それのどこが問題だと申すか。めでたき限りであろう」

市川の発言にお伝の方がふざけるなと怒った。

「たしかに幕府にとって、慶事の極みでございました。お世継ぎとなる和子さまのお誕生に江戸城内は沸き返ったと伺いました」

「であろう。それがなぜ問題になる。さっさと話さぬか。こととしだいによっては、そのままに捨て置かぬぞ」

お伝の方が申せと要求した。

お世継ぎを産みたいと、ただそれだけを願っているお伝の方にとって、市川の口から出たことは聞き捨てにできなかった。

「問題は家光さまでございました……」

市川が一度息を吸って、落ち着こうとした。

「……家光さまが、これでもう良いだろうと仰せ出されたそうでございまする」

「もう良いだろうとはどういう意味じゃ」

「世継ぎができたので、もう女を抱かずとも、好きに寵童を愛《め》でたいと春日局さまへ願われたそうでございまする」

「なっ……閨ごとで女が男に負けるなど」

お伝の方が息を呑んだ。

「春日局さまは、一生懸命に家光さまをご説得なされたそうでございまする」

「さもあろう」

吾が意を得たりとお伝の方がうなずいた。

「家綱さまお一人では、万一のことがあったときに困るので、あと何人かをお作りいただきたいと。しかし、家光さまが頑としてお首を縦に振ってはくださらなかったそうでございまする」

「そこまで……」

お伝の方が衝撃を受けた。

「女がそこまでお嫌いであったのか」

「いいえ」

呆然《ぼうぜん》とするお伝の方に市川が首を横に振った。

「なんじゃと。違うと申すか。先ほどまでの話ではそうとしか取れぬぞ」

お伝の方が怪訝な顔をした。

「男子は一人でよいのじゃと哀しそうな顔で仰せられたとか」

「……わからん。矢切、そなたわかるのか。家光さまと同じ男であろう」

目を伏せた市川への疑問をお伝の方は良衛へ振った。

「家光さまとわたくしでは身分が違いすぎまするので、とても同じとは申せませぬが……おそらくこうではないかと思うものはございまする」

良衛が応じた。

「教えよ」

「相争いたくなかったのではございませぬか」

お伝の要求に良衛は考えを口にした。

「争い……家督か」

「はい。この世にたった一つの将軍位。それを継げる立場に、家光さまと忠長さまのお二人がおられた」

「市川」

良衛の答えが合っているかとお伝の方が市川へ問いかけた。

「さすがは矢切先生と申しあげまする」

正解とは言わず、市川が良衛を称賛した。

「家綱さまお一人ならば、家督での争いは起きぬが……」

「万一がございまする」

お伝の方の呟《つぶや》きに近い発言を市川が受けた。

「それを春日局さまは懇々と説かれたのでございまする。やがて家光さまは納得なされ、側室を閨へ呼ばれることをお断りにはなられなくなりました。しかし、家光さまは同時に寵童も閨へ召されたのでございまする。側室たちと一度添い寝をなされた後、寵童たちと朝まで戯れられる」

「それでは、精が薄くなってしまう」

思わず良衛が声を出した。

「矢切」

お伝の方が説明をせよと良衛を見た。

「男の精は造るのに十日ほどかかると言われておりまする」

「無限ではないのか」

「何度も続けて放たれまするると薄くなりまする。薄くなったところで孕《はら》ます力がなくなるわけではございませぬが……」

「孕みにくいのだな」

「はい」

強く詰問されて良衛は認めた。

「妾も連日のお出《い》でを願ってはならぬと」

「…………」

寵姫に主君のお渡りを断れとは言えない。それこそ、お伝の方の寵愛が薄れたという噂が流れかねない。それがどのような事態を引き起こすか、良衛は骨身に染みて理解していた。

「ふん、まあいい。上様にお出でを願わねば、他の女が強請《ねだ》るだけじゃ」

お伝の方が良衛を責めなかった。

「春日局さまは、それを怖れられたのじゃな」

「さようでございまする。そこで春日局さまは大奥を創り、将軍家の血統に疑義が出ぬようにとの名目で、男子禁制になさいました」

「そのじつは、寵童を排除し、上様のお胤を側室のなかに十分注ぎこむ……か」

お伝の方が苦笑をした。

「まあ、その春日局さまの策のお陰で、上様はお生まれになられた。感謝すべきである」

お伝の方が話を締めた。

「ご苦労であった」

帰っていいとお伝の方が市川に告げた。

「では、これにて」

市川が一礼して腰を上げた。

「お待ちを。あと一つだけ」

良衛がお伝の方の許可を求めた。

「よいぞ」

お伝の方がうなずいた。

「そのままで結構でございまする」

もう一度座らなくてもいいと良衛は断った。

「男子禁制になさった理由はわかりました。ですが、いかに春日局さまの願いとはいえ、家光さまがお認めになるとは思えませぬ。その理由をご存じならばお教えいただきたい」

良衛が市川に訊いた。

「……お気づきになりましたか」

小さく市川がため息を吐いた。

「一つは春日局さまがこう申されたからでございまする。家綱さまに万一あれば、一門に徳川将軍家を譲らなければならなくなると」

「弟と家督を争い、嫌な思いをなさった家光さまにとって、それは厳しい一言じゃの」

市川の説明にお伝の方が得心した。

「一つと言われましたな。他にもござるので」

良衛が突っこんだ。

「……春日局さまが晩年、病を得られたとき」

少し良衛を見つめて市川が話し始めた。

「家光さまがお見舞いくだされたときのことでございまする。わたくしだけがお座敷の隅で控えておりました。そのときに家光さまが春日局さまにこう呼びかけられたのでございまする」

市川が一度言葉を切った。

「…………」

良衛たちが固唾《かたず》を呑んでみまもるなか、市川が口を開いた。

「母上……と」

そう言い残して市川が去っていった。

第四章　上を狙う者

一

良衛《りょうえい》はお伝《でん》の方から局《つぼね》を追い出された。

「なにもなかったのじゃ、よいな。そなたは、いつもどおり妾《わらわ》を診て、変わりないと判断し、御広敷《おひろしき》へ戻った。ここで誰かに会いも話をしてもおらぬ」

「はい」

良衛はお伝の方の刺した釘《くぎ》に従うしかなかった。

「……ふうう」

御広敷番医師溜《おひろしきばんいしだまり》に戻って来た良衛は、命がけの戦いを、尖刀《せんとう》の先が一分（約三ミリメートル）ずれただけで患者を死なす手術を終えたばかりといった風な疲れを感じ、大きなため息を吐いた。

「どうなされた、矢切《やきり》先生。随分とお疲れのようでござるな」

その様子に親しい産科医師の中条壱岐《ちゅうじょういき》が近づいてきた。

「いや、お伝の方さまを拝診仕《つかまつ》るのは、いつまで経っても緊張いたしますな」

良衛がごまかした。

「でございましょうな。お伝の方さまはお部屋さま、本来ならば奥医師が担当するもの。御広敷番医師にはいささか重責すぎまする」

中条壱岐が同意してくれた。

「それに今朝はいささか長引かれていたようでございますし」

帰ってきたのが遅いと中条壱岐が言った。

「何刻《なんどき》でございましょう」

時間のことなど吹き飛んでいた良衛があわてて訊《き》いた。

「四つ（午前十時ごろ）の鐘が鳴って、そろそろ半刻（約一時間）をすぎましてござる」

「それはいかぬ。昼餉《ひるげ》は屋敷で摂《と》るしかなさそうでござる」

聞いた良衛が焦った。

「診察でございますな」

「本日は往診の予定が三軒ござってな。少し早めに動かねば、日の暮れまでに戻れませぬ」

言った中条壱岐に良衛が応じた。

「それはお忙しいことでございまする。うらやましい」

素直に中条壱岐が告げた。

中条壱岐は戦国時代から続く中条流産科術の後継者である。

小太刀の術を編み出した中条長秀《ながひで》は、同時に産科の医師としても名の知られた人物であった。跡継ぎを求められる名門の願いに応じて名前を馳《は》せた中条流であったが、後世の弟子たちが金に走ったことで名声を失った。

弟子たちは産科術だけでは生きていけない現実に直面し、遊女たちの求めが多かった堕胎に手を染めたのだ。

石見銀山《いわみぎんざん》というねずみ取りにも使われる毒薬を、女の胎内に入れて胎児を殺し、その後柳の枝を突っこんで掻《か》き出すという手法は、腹に子がいれば商売できない遊女たちに受けいれられ、大繁盛した。

もちろん、弊害は多かった。

石見銀山の量をまちがえれば、胎児だけでなく母体まで死なせてしまう。なんとか、生き残っても、突っこまれた柳の枝で身体のなかを掻き回されて傷を負い、それによって死んでしまう遊女が続発した。

当然、中条流は堕胎医師、子殺し医者として世間から忌避された。

そんななか、本流をついだ中条壱岐は真剣に産科に取り組み、名医として名を知られるようになり、御広敷番医師となった。

それでも中条流の悪名は高く、壱岐のもとを訪れる患家は多くはなかった。

「では」

慰めようもない。良衛は中条壱岐へ軽く頭を下げて、御広敷番医師溜を出た。

「待て、矢切」

もう少しで江戸城表を出る納戸御門《なんどごもん》というところで良衛は止められた。

「松平対馬守《まつだいらつしまのかみ》さま」

待ち伏せていたらしい大目付《おおめつけ》松平対馬守に良衛は思いきり渋い顔をした。

「こちらへ来い」

「下城いたしますので」

松平対馬守が他人の姿がない廊下の隅へ誘うのを良衛は拒んだ。

「いつもより遅いの。目付《めつけ》に報告してもよいのだぞ。御広敷番医師矢切良衛は、どうやら大奥の女中となにやらときを費やしておるとな」

偽りではない。その通りに報告したところで、松平対馬守は良衛を讒言《ざんげん》したことにはならなかった。

「…………」

目付がお伝の方の信頼を得ている良衛に冤罪《えんざい》を被《かぶ》せるとは思えないが、訴えがあれば一応調べなければならなかった。でなければ、監察の意義が問われることになる。

良衛が面倒くさそうな顔をした。

「きさま、遠慮がなくなったな」

「もう、あなたに敬意も脅威も覚えておりませんので」

睨《にら》んだ松平対馬守に良衛が言った。

「生意気な。よいのか、ここで騒いでもよいのだぞ。大奥女中と不倫を働いておるとな」

「……くっ。そのためにこの場所で待ち伏せを」

松平対馬守の脅しに良衛は歯がみをした。

することがないとはいえ、大目付は要職である。その口から出た言葉は、信頼をもって城中に流布される。ましてや納戸御門近くには、登城あるいは下城する大名、役人の案内をするためのお城坊主が待機している。

城中の噂を、正しいかまちがえているか関係なく売って歩くお城坊主のもとで、騒ぎを起こすのは愚の骨頂であった。

「急いでおります。手短に」

良衛は折れた。

「けっこうじゃ。余も暇ではない。来い」

松平対馬守が良衛を廊下の隅へと引っ張った。

「ここらでよかろう」

かなり離れ、聞き耳を立てている者がいないことを確認して、松平対馬守が足を止めた。

「のう、矢切。そなたも吾《わ》が子はかわいかろう」

「はあ」

いきなり問いただしてくるかと思っていたら、予想外の確認に良衛が戸惑った。

「儂《わし》はかわいい。そして吾が子にまして、孫は愛《いと》おしい。生まれたばかりのとき、小さな手で吾が指を握りこんだとき、儂は震えた」

　良衛の返事を気にせず、松平対馬守が続けた。

「あのとき、儂は誓ったのじゃ。この孫のため、その子らのため、儂はできるだけのことをしてくれようとな」

「………」

「といったところで、孫の成長を見守れるとは限らぬ。孫が家を継ぐころまで儂は生きておるまい。ならば、どうすればいい。簡単なことだ。松平の家をより発展させればいい。石高を増やし、家格をあげる。さすれば、孫子の生涯は安泰じゃ」

　松平対馬守が述べた。

　幕府には大きな区別がいくつもあった。そのうちの一つが良衛も経験した将軍家目通りのできる旗本とできない御家人の区別であった。

　この区切りは外様《とざま》大名と譜代《ふだい》大名とのものよりもはるかに険しい。

　旗本と御家人はまず同席しない。通婚もよほどの場合でなければありえなかった。

　続いて旗本のなかでも小普請《こぶしん》組と寄合《よりあい》の差であった。

　小普請も寄合も無役の旗本が属する組であるが、その将来には大きな違いがあった。

小普請組には懲罰小普請という言葉があるくらい待遇は悪く、よほど努力するか幸運でも訪れない限り、抜け出すことは難しかった。

対して寄合は違った。無役であることは同じだが、もともと寄合組がおおむね三千石以上の高禄《こうろく》旗本の場であるため、数が少ない。千石ていどで長くお役に就いていた者も一代寄合とか寄合格とかで入れるが、それでも小普請組に比べて圧倒的に少数であった。また、三千石という高級旗本になれば、一族に大名家もあり、老中《ろうじゅう》などの要路とのかかわりもあるため召し出しを受けやすい。

また、小普請組と違って、役に就くときも大番《おおばん》組頭や小姓《こしょう》組頭など出世の糸口になるものから始まる。

寄合組は無役というより、役の空き待ちといった感じであった。

「必死に働いたおかげで、旗本としてはほぼ上がりの大目付にまで来られた。だが、大目付は手柄の立てようのない閑職じゃ。まず、ここで頭打ちになる」

「大目付でもよろしいでしょう。五千石で寄合になられたでしょう」

まだ足りないという松平対馬守に良衛があきれた。

「ここまで来たからこそ、あと一歩が欲しいのだ。大名に手が届くところにおるのだ。なりたいではないか。大名と旗本の差は、石高が一万石をこえるだけではないぞ。大名になれば、老中も夢ではなくなるのだ」

「老中……」

良衛が松平対馬守の想いの強さに驚愕《きょうがく》した。

「そうよ。老中になれば、天下を思うがままに動かせる。刻み駕籠《かご》にも乗れる」

松平対馬守がうっとりとした。

万一のときだけ、老中が急いでいれば一目で非常事態だと周囲に知れてしまう。それを防ぐため、老中の乗る駕籠は普段から駆けることが認められていた。実際、駕籠が走っては危ないので、駆け足を模した刻み足と呼ばれる独特の足運びをするのだが、その刻み足に出会った相手は、たとえ御三家《ごさんけ》であろうが、百万石の前田《まえだ》家であろうが、道を譲らなければならない。

どれだけ混雑している大手門《おおてもん》でも、他の大名、旗本を押しのけて、老中の駕籠は通過できる。

「十万石と引き換えにしてもよいので、一度刻み駕籠に乗ってみたい」

とある外様大名がそう言ったという噂もあるほど、周囲から羨望《せんぼう》の目で見られるものであった。

「夢を見てはいかぬのか」

「…………」

問いかけた松平対馬守に良衛はなにも言えなかった。

「話してくれ」

前回と違うやわらかい口調で松平対馬守が頼んできた。

「…………」

しばし考えた良衛が、松平対馬守に目を合わせた。

「お恨み申しますぞ」

「な、なんだ」

良衛に睨まれた松平対馬守が、怪訝《けげん》な顔をした。

「なにか、おぬしに恨まれるようなまねをしたか」

「堀田筑前守《ほったちくぜんのかみ》さまの一件にわたくしを巻きこまれた」

「それは、おぬしが気づいたからじゃ。筑前守さまの刃傷が仕組まれたものだと。幕府の大老が若年寄《わかどしより》に刺殺されるなど、あってはならぬことじゃ。それを吹聴されるわけにはいくまい。封じたうえで見張っておかねばなるまいが」

原因を告げた良衛に松平対馬守が仕方なかったと言い返した。

「放っておいてくだされば、誰にも漏らしませぬ。医師の口は閉ざされるものでござる」

患者のことをあちこちで話して回る医者など、信頼されるはずもない。医者にとって他言無用は尖刀の持ち方を学ぶ前に叩《たた》きこまれる決まりであった。

「そんなもの、わからぬわ」

松平対馬守が医者のなかの決まりなど知らぬと手を振った。

「それがなければ、わたくしは表御番《おもてごばん》医師のままいられた」

「長崎《ながさき》へ遊学できたのは、そのお陰だろうが」

ただの表御番医師を費用持ちで長崎へ遊学させるほど、幕府は懐が広くはない。良衛の名前が松平対馬守から柳沢吉保《やなぎさわよしやす》を通じて綱吉《つなよし》の耳に届いたからこそ、良衛を南蛮《なんばん》流最新医学を学ばせるために長崎へと行かせたのだ。

松平対馬守が見返りは受け取っているだろうと反論した。

「三カ月もおられませんでしたわ。あれで遊学など」

大きく良衛がため息を吐いた。

「どちらにせよ、なにかしらの利を受け取っておろうが。おぬしを見いだした儂がそれを望んでも当然だろう」

松平対馬守が粘った。

「……よろしいのでござるな」

良衛が声を低くした。

「なにがだ」

雰囲気の変わった良衛に、松平対馬守が警戒を見せた。

「対馬守さまのご子息、お孫さまに危険が迫ってもよろしいのでござるな」

「な、なにを言うか」

良衛の警告に松平対馬守が顔色を変えた。

「わたくしが何度刺客に狙われたか。いくつかはご存じのはずでございまする」

「知っているが、それはおぬしの南蛮流医術の秘を求めてがほとんどであろうが。儂の息子や孫が襲われる理由はない」

松平対馬守が否定した。

「家族も狙われましたぞ。屋敷が複数回にわたって襲われましてござる」

「二百俵ていどでは、満足な家臣もおるまい。流行《はや》っている医者ならば、金があるだろうと考えた盗人《ぬすっと》どもではないのか。当家のように家臣だけで数十人おるような屋敷を誰が襲うというのだ」

松平対馬守は認めようとしなかった。

「そのようにお考えでございますか」

良衛が肩を落とした。

「吾が妻や子に刃が向けられる恐怖を想像できぬと仰せならば、いたしかたございませんな」

「では、すべてをお話しいたしましょう。その代わり、もう逃げられませぬぞ」

ゆっくりと息を吸った良衛が顔を上げた。

「ま、待て」

松平対馬守が思わず、間を欲しがった。

「ことは堀田筑前守さまの一件とはかかわりないのだろう。上様のお身体に……」

「ふっ」

少しでも話の内容をあらかじめ知ろうとする松平対馬守を良衛が鼻で笑った。

「ことは二代将軍秀忠《ひでただ》さまと三代将軍家光《いえみつ》さまの確執に端を発し……」

「や、止めよ」

話し出した良衛を松平対馬守が制しようとした。

「秀忠さまが世継ぎを家光さまではなく忠長《ただなが》さまへ……」

「黙れと申した」

制止を無視して話し続ける良衛に松平対馬守があわてた。

「なんの話をしている。儂が聞きたいのは御当代上様になにやらを仕掛けた者のことだ。その者を吾が手で捕まえて上様に差し出し、手柄となす。それ以外は不要じゃ」

「それだけのことだと思っておられた。なんとまたおめでたいことでございますな」

良衛があきれてみせた。

「どういうことであるか」

「だから、先ほどから申しておりましょう。二代秀忠さま、三代家光さま、四代家綱《いえつな》さま、そして御当代上様、いやそれだけではございませぬな。今は亡き甲府宰相《こうふさいしょう》綱重《つなしげ》さまもかかわりのある徳川《とくがわ》家の闇でございますぞ」

「偽りを申すな」

ことが大きすぎる。松平対馬守が良衛を叱った。

「偽りだと思われるならば、そのまま聞かれるとよろしいでしょう。単なる与太話なのでございますから」

良衛が口の端を吊《つ》りあげた。

「柳沢出羽守《でわのかみ》の対応、そしておぬしの態度……」

松平対馬守が目を大きくした。

「将軍継承を巡る争い、そして将軍殺し」

「止めい」

良衛が口にした途端、松平対馬守が大声をあげて打ち消そうとした。

「なんだ、なんだ」

「あれは大目付の松平対馬守さまではないか。相手は坊主か」

納戸御門を出入りしていた大名や旗本が注目した。

「なんでもない。行かれよ」

大きく手を振って松平対馬守がさっさと通り過ぎろと言った。

「大目付さまのご要望で、わたくし御広敷番医師……」

「黙れ」

死なば諸共《もろとも》という感じで周囲へ報《しら》せようとした良衛の口を松平対馬守が手で押さえた。

「きさま……」

怒りで松平対馬守の口調が険しいものに戻った。

「ご一緒なさるのではございませんので。わたくしも柳沢出羽守さまもお止めしたはず。それを押してのご希望ゆえ、お話をしておるのでございますぞ」

良衛がどっちなのだと松平対馬守を責めた。

「嘘や作り話ではないのだな」

「であれば、わたくしは命を狙われませぬよ。お伝の方さまも口止めなどなさいますまい」

「お伝の方さまもご存じ……」

「さきほどもお話をいたしておりました」

いつもより遅れた理由を良衛が告げた。

「…………」

松平対馬守が震えだした。

「おや、風寒でございますか。暖かくしてお屋敷で休まれたほうがよろしいのではございませんか。大したことはないと風寒を甘く見られると、命取りになりまするる」

良衛が比喩《ひゆ》で松平対馬守を脅した。

「本当に子が狙われたのだな」

「屋敷の警固を増やさなければなりませんでした」

確認をした松平対馬守に良衛がうなずいた。

「ことは重いのだな」

「重いどころではございませぬ」

何度も確かめる松平対馬守に良衛は応じた。

「……そうか」

松平対馬守の身体から威光が消えた。

「出羽守どのやおぬしなればこそ、耐えられるのか。儂では無理じゃな。家が潰《つぶ》れる、子や孫に危害が及ぶというだけで、力が抜けた」

長く長く松平対馬守がため息を吐いた。

「……迷惑をかけた。もう、二度と声をかけぬ。今日のこと、いや、今までのことを許してくれい」

松平対馬守が軽くだが、良衛へ頭を下げた。

「……分はここまでであったな」

これ以上を望むことはできないと呟《つぶや》いて、松平対馬守が背を向けた。

「…………」

一気に老けこんだ松平対馬守の後ろ姿に、良衛は勝ったという快哉《かいさい》ではなく憐憫《れんびん》を感じた。

医者は心を揺らせてはならない。

冷たいようだが、人の生き死ににかかわるだけに、それに一喜一憂してはならないのだ。

とはいえ、長く担当してきた患者が死んだとなれば、どうしても引きずる。もっとこうすればよかったのではないか、あの薬が適していたのではないかなど、後悔を持つ。そのときにできるかぎりのことをしたという自信があっても、いざそうなると揺らぐのが人である。

だが、それは他の患者にはかかわりはないのだ。心に重みを感じたまま診療あるいは治療されてはたまったものではない。

医者は心を切り離すのも仕事の一つであった。

城中での遣《や》り取りを抱えて屋敷へ戻ってきた良衛だが、診察に没入することでなんとか気を保っていた。

「よろしかろう。薬を作っておくゆえ、明日にでも取りに来てくれ」

「ありがとう存じまする」

最後の患者が終わった。

「少し、お休みになられたほうがよろしいかと」

三造《さんぞう》が往診前の休憩を勧めた。

「いや、続けてすませよう」

休めば重圧が帰ってくると良衛は首を左右に振った。

「いけませぬ。殿」

家士《かし》になった三造は、より良衛のことを気遣うようになっている。

「お茶を一杯だけお飲みになられませ。今の殿の顔では、患家が怖がりまする」

「それほど険しい顔をしておるのか」

言われた良衛が唖然《あぜん》とした。

「先ほどまではかすかに険しいといった感じでしたが、最後の方がお帰りになられたとたん、眉間《みけん》にしわが刻まれましてございまする」

三造が指摘した。

「気づかなかったな」

良衛が苦笑した。

「では、あたたかいお茶を淹《い》れて参りましょう」

一礼して三造がさがっていった。

「いかんな。まだまだ修練が足りぬ。心が練れておらぬわ」

眉間を指でもみながら良衛が嘆息した。

「旦那《だんな》さま」

診療室の襖《ふすま》が開いて、妻の弥須子《やすこ》が盆を捧《ささ》げて入ってきた。

「そなたが茶を淹れてくれたか」

「どうぞ」

良衛の前に弥須子が盆を置き、茶碗《ちゃわん》を差し出した。

「いただこう」

茶碗を受け取った良衛が口をつけた。

「熱い、熱いが……うまいな」

三造があたたかいお茶と言っていたので、冷まさずに口をつけた良衛が驚きながらも感嘆した。

「なにかございました」

見守っていた弥須子が良衛に問いかけた。

「……つっ」

不意討ちに良衛が息を乱した。

「お聞かせ願えぬことでございましょう」

「…………」

弥須子の断定を良衛は無言で肯定した。

「無理をなさいますな」

「奥医師にならずともよいのか」

良衛が思わず返してしまった。

弥須子は今大路《いまおおじ》兵部大輔《ひょうぶだゆう》の妾腹《しょうふく》の娘で、正室腹の姉釉《ゆう》と仲が悪かった。もともとは生まれのことを釉があげつらい、弥須子を虐《いじ》めたことに始まったが、その関係に変化が出始めた。

釉はその狷介《けんかい》な性格が災いし、奥医師のところへ一度嫁いだが帰され、後に名医と評判が高かった奈須玄竹《なすげんちく》の孫のもとへ再嫁した。

二代目奈須玄竹もなかなか優秀な医師であったが、祖父の名声を受け継ぐには若すぎた。父が早く亡くなったことで二代目を継いだのが裏目に出てしまっていた。あまり若いと医者は実力相応ではなく、少し経験が浅いとして見られる。二代目奈須玄竹もその伝に違《たが》わず、いまだに無任所の寄合医師でしかなかった。

表御番医師、御広敷番医師を務め、能力があると思われた者が勉学に励み、あらたな手技手法を学ぶために現場を離れるというのが寄合医師である。

他にも奥医師の跡継ぎ、腕は立つが城中での立ち居振る舞いには不安があるといった連中も寄合医師になった。

かならずしもそうとは決まっていないが、寄合医師のなかから奥医師が選ばれた。

今のところ寄合医師の二代目奈須玄竹のほうが、御広敷番医師である良衛よりも格上になる。が、良衛はすでに綱吉の脈を取り、その寵姫《ちょうき》お伝の方の主治医になっている。つまり良衛は実質奥医師であった。

それがわかっているからこそ、釉は実家で庇護《ひご》されていた弥須子と一弥《いちや》の二人を邪険に扱っていた。

「奥医師にはなっていただきたいと思ってはおりまする。姉の鼻を明かしてやりたいとの思いは心のうちにくすぶっておりまする」

正直に弥須子が述べた。

「ですが、旦那さまがお身体を……いえ、お心を痛められては意味がございませぬ。わたくしは血を吐きながら駕籠に乗って登城し、上様のお脈を取る旦那さまを毎朝見送りたくはございませぬ。威風堂々とあるいは笑いながらお役目へ出かけられる旦那さまをお見送りし、お迎えしたい」

「やっぱり、出世はせねばならぬか」

弥須子の本音を聞いた良衛が笑った。

「お願いいたしたく存じまする。妻というものは旦那さまがすごいのだと世間へ報せ、誇りたいものなのでございますよ」

やわらかい笑みで弥須子が良衛を見つめた。

「努力しよう」

「お命大切になさったうえで……」

言った良衛に弥須子が寄り添った。


弥須子との会話で落ち着いた良衛は三造を屋敷の警固に残し、一人往診へと出た。

「まずは、五軒町《ごけんちょう》の蝦夷屋《えびすや》さんからか」

良衛が足を速めた。

往診は急患ではなく、ほとんどの場合は慢性になった病や長引く怪我の治療が主になる。薬箱のなかには、あらかじめ入り用なものが入っているため、よほどの変化がないかぎり、一度も屋敷へ戻ることなくおこなえた。

「ありがとう存じました」

家人に見送られた良衛は、ふと足を止めた。

「思ったよりも早かったな」

まだ世間は明るい。

「久しぶりに寄ってみるか」

良衛は深川《ふかがわ》の廃寺を住居にしている真野《まの》を訪れることにした。

「これは、先生」

廃寺の前で座って煙管《キセル》を吹かしていた無頼が良衛の姿に気づいた。

「伝法《でんぽう》の鳥吉《とりよし》どのであったかの。真野どのはおられるか」

良衛が無頼に声をかけた。

「どうぞ」

「いいのか、つごうを訊いてこずとも」

「先生ならば問題ありやせんよ」

伝法の鳥吉が先に立った。

良衛は外道の医師である。喧嘩《けんか》や刃傷沙汰《ざた》が仕事のような無頼にとって、傷の手当てをしてくれる外道の医師というのはありがたい。といったところでそこらの医師は、無頼とかかわりになるのを嫌って相手にしてくれない。金さえ積めば、どんな素性でも気にせず治療をするろくでもない医師もいるが、そういった連中の腕は唾《つば》を付けておいたほうがましというものが多い。

そんななか、きっちりとした修業を積んで近隣でも名医と呼ばれているだけでなく、幕府医師まで務める良衛が手当てをしてくれる。

そこいらの医師にかかれば死んだか、生涯引きずる羽目になる怪我が、生活に支障ないていどで納まる。

良衛は深川の無頼にとって、神に近かった。

「珍しいな」

廃寺の本堂で木刀を振っていた真野が、姿を見せた良衛に手を上げた。

「ちと話をしたくての」

「まあ、座れ。今日の往診は終わったんだろう。いい酒がある」

応じた良衛に真野が本堂の隅にある樽《たる》を指さした。

「ありがたいが、急患があるやも知れぬのでの。酒は遠慮しよう」

「相変わらず固いことだ」

断った良衛に真野が首を横に振った。

「園部《そのべ》も呼んでいいか」

「ああ」

「鳥、園部をここへ。たぶん、風呂《ふろ》のたき付けをやっているはずだ」

「へい」

真野の指図に伝法の鳥吉が駆けていった。

「園部どのが風呂のたき付けを」

真野の片腕がそのような雑用をしていることに良衛が驚いた。

「あいつの風呂好きは酔狂を通りこしていてな。夏ならまだしも、冬でも毎日入りたがる。さすがに手下たちをこんなことで毎日使うのも悪いのでな。三日に一度は園部の仕事にしてあるのさ」

木刀を置いた真野が、樽から酒を片口に移し、欠けた茶碗を二つ持って良衛の前に座った。

「先生は、てきとうに水でも飲んでくれ」

「水はいかんぞ。腹を下す。白湯《さゆ》にせい、白湯に」

生水を勧めた真野に良衛が注意をした。

「水で腹を下すような奴が、深川で生きていけるものかい」

真野があきれた。

「矢切先生がお出《い》でとか」

園部がたすき掛けをしたまま、顔を出した。

「ちょうど風呂がよい具合じゃ。入っていかれよ」

「かたじけないが、すぐに戻るのでの。今度、吾が屋敷の風呂にも来てくれ」

「よいのか。それは楽しみじゃ」

たすき掛けをほどきながら、園部が喜んだ。

「まずは一杯飲ませてくれ。火の側にいたため、汗を掻いた。喉《のど》が渇いている」

真野が酒を入れた茶碗を呷《あお》った。

「……たまらねえな。おっと説教はなしだぜ」

じっとりとした良衛の目つきに真野が釘を刺した。

「まったく……汗を掻いた後に酒を呑《の》むのは身体の水を失うゆえ、よろしくないのだぞ」

良衛が嘆息した。

「健康に気遣うなら、こんな生業《なりわい》をしやしねえよ」

真野が苦笑した。

「さて、酔う前に話を聞いておこうか。どうした」

一杯だけで茶碗を手放した真野が問うた。

「卯吉《うきち》どののことだ。引きあげさせてくれないか」

「あいつがなにかしでかしたかい」

良衛の求めに真野の気配がすっと冷たいものになった。

「いや、卯吉どのにはよくしてもらっている」

良衛があわてて否定した。

卯吉は縄張りを奪い合っての争いで大怪我をしたのを、良衛によって救われた。その恩を返すために、良衛の屋敷を一日中見張っていてくれた。

「面倒が来るのだな」

真野が見抜いた。

「ああ。それもとびきりのな」

良衛が認めた。

「敵が誰だなどとは訊かねえ。かなり遣うのだな。卯吉一人じゃどうしようもないくらいに」

「…………」

確認した真野に良衛が無言で肯定した。

「わかった。卯吉を迎えにいこう」

「いや、その旨を吾《われ》から伝える。真野どのの了承は取ったと」

立ちあがった真野に良衛が手を振った。

「それで卯吉が納得するはずねえだろうが」

「むっ」

良衛が詰まった。

「無頼というのはな。己でも一人前だとは思っちゃいねえ。世間さまに巣くう壁蝨《だに》だとわかっている。嫌われて当然、またそうでなきゃやっていけねえ。一歩足を踏み入れた段階で、人としてのすべてをあきらめる。そんななかで、先生は卯吉のために必死に尽くしてくださった。いわば、卯吉の今は先生のお陰である。その卯吉が危ないから離れろと言われて従うか」

「だが……」

「もし、そう言われてのこのこ帰ってきやがったら、拙者が卯吉を放り出す。無頼には無頼の恩がある。それも守れないようなやつを抱えこめば、あっという間に縄張りは崩壊する。下克上が当たり前になる。まあ、辰屋《たつや》の親爺《おやじ》を殺した吾の言うことではねえがな」

真野が口の端を吊りあげた。

「では、どうするのだ」

「親分である拙者の口から言いつけるしかねえ。無頼は親分の指図が絶対だ。従わなければ破門になる。そして破門したやつは縄張りを追い出される。破門以降も縄張りをうろちょろしているのを見つければ、かならず仕置きをする」

「そこまでするか」

「でなきゃ、連中が言うことを聞くわけもねえ。皆、外れた者ばかりだぞ。力がすべてとはいわねえが、力を見せられない親分に誰も付いてはこねえ」

目を剝《む》いた良衛に真野が告げた。

「さて、わかったならば行こう。園部、鳥、付いてこい」

「ああ」

「へい」

「皆でくるほどではあるまい」

真野の指示にうなずいた二人を見て良衛が驚いた。

「いいじゃねえか。どうせすることもねえんだ」

あっさりと真野が良衛の言葉を流した。

「あっしが先触れをいたしましょう」

「わかっているな」

駆け出そうとした伝法の鳥吉に真野が確認した。

「もちろんで」

首肯した伝法の鳥吉が走り去った。

「さて、先生」

「参ろうぞ」

「……ああ」

真野と園部に誘われて、良衛がうなずいた。

中根《なかね》新三郎《しんざぶろう》と久吉《ひさきち》、漂泊衆が良衛の屋敷を見渡せる辻《つじ》角へ目立たぬよう、一人二人と集まってきた。

「これだけのようだの」

ゆっくりと中根新三郎が一同の顔を見た。

「伊兵衛《いへえ》と太介《たいすけ》がまだ……」

「刻限をすぎている。来るまいよ」

集まっていないと言った久吉に中根新三郎が首を横に振った。

「情けない。ここまできて脱落するなど」

久吉が歯がみをした。

「言うてやるな。誰でも死にたくはない。子や孫と離れたくはなかろう」

「ご寛恕《かんじょ》、感謝いたしまする」

優しい中根新三郎の許しに久吉が感謝した。

「人はいずれ死ぬ。どれだけ願っても子や孫とは別れねばならぬ。早いか遅いかだけの差で、今日のことを生涯悔いることになる。儂にはできぬ」

「…………」

続けて冷たい言葉を口にした中根新三郎に久吉が絶句した。

「で、矢切は屋敷におるのか」

中根新三郎が見張りの当番の漂泊衆に問うた。

「往診に出たままで、まだ戻っておりませぬ」

見張り当番の漂泊衆が答えた。

「わかった」

中根新三郎がうなずいた。

「面倒な見張りはどこに」

「あそこの辻でございまする」

続けて訊いた中根新三郎に当番の漂泊衆が示した。

「なるほどの。いい場所だ」

中根新三郎が褒めた。

「結局、敵の味方か、敵の敵か、どちらなのかはわかったのか」

「ただ見張っているだけのようでございまして、わかりませぬ」

申しわけなさそうに見張りの当番が詫《わ》びた。

「そうか、しかたないの」

中根新三郎がため息を吐いた。

「どれ、片付けてこよう。味方かどうかわからぬならば、排除しておくべきである」

「……わかりましてございまする」

殺すと決断した中根新三郎を久吉が怖れを含んだ目で見た。

「納得できぬか。当然のことだと思うがの」

中根新三郎がなにを不思議がっているのかと首をかしげた。

「無駄な殺しだと思うのか」

「敵と決まったわけではございませんが……」

久吉が気が進まないと言った。

「矢切を襲っている最中に割りこまれては、逸失の原因となるやも知れぬ。たとえそれが矢切を狙ったものだとしても、予定していない者の乱入は我らの和を崩す。ここまできて上手の手から水が漏れるになっては悔やんでも悔やみきれまい」

「たしかに」

中根新三郎の危惧《きぐ》に久吉が同意した。

「わかったの」

「お待ちを。そのていどのことならば、我らが」

自ら出ようとする中根新三郎を久吉たちが押さえた。

「いや、儂だけが血を浴びぬのもよろしくはない。将が先に立たずして、兵たちが続いてくれるものか。最初に漂泊衆集結を求めたときに返答さえ寄こさなかった者、本日この場へ来なかった者、どちらも儂を甘く見たからじゃ。顔を出さずとも咎《とが》められまいとな。たしかに代替わりをし、漂泊衆創立の意義を知らぬ者も増えた。しかし、頭領たる儂が厳格であれば……」

中根新三郎が後悔を語った。

「儂に逆らえば死ぬ。そう思いこませておけば、今日のような体たらくにはならなかったはずじゃ」

集まった漂泊衆は全部で八名しかいなかった。

「決戦とわかっていてのこの数。少なくとも十名は来ると考えていた」

「……申しわけございませぬ」

淡々と言う中根新三郎に久吉がうなだれた。

「…………」

じろりと中根新三郎が久吉をにらんだ。

「ゆえに、儂が先陣を切る。儂が血を浴びることで、そなたたちに使命を再認識させてくれる」

「やらねばならぬことはわかっておりまする」

若い漂泊衆の一人が反発した。

「ことが始まってから逃げ出されてはたまらぬしな」

漂泊衆の反発を相手にせず、中根新三郎が告げた。

「中根さま……」

久吉が息を呑んだ。

「将の器量とは兵を甘やかすことではなかった。戦場で寛大は無用であると悟ったわ。遅かったがの」

中根新三郎が苦笑した。

「今まで来なかった者たちも、決戦となれば集まってくれる。なんともはや幻想であったことよ」

感情のない声で中根新三郎が嘆いた。

「……………」

久吉も先ほど反発した若い漂泊衆も声さえ出せなかった。

「ここにおれ。逃げだそうとした者がおれば……殺せ。よいな、久吉」

「は、はい」

鬼気迫る中根新三郎の命に、久吉が震えながら首肯した。

「行って参る」

太刀を抜いて中根新三郎が卯吉の潜む辻へと向かった。

三

卯吉の仕事は良衛、いや矢切家の警固であった。

無頼として生きてきた卯吉は、人を殺したこともあり、匕首《あいくち》の取り扱いにも慣れている。二人や三人の暴れ者くらいならば、あしらうだけの力を持っていた。

先日も良衛の家族を人質にしようとした漂泊衆たちを無事に排除できた。

それが油断を生んでいた。

「続けては来るまい」

矢切家の出入りを見張っていた卯吉は、己の警戒を怠っていた。

「……おわっ」

静かに近づいてきた中根新三郎の一撃を避けられたのは、浴びせられる殺気に気づけたからであった。

「一撃で屠《はふ》ってくれようとしたものを」

転がるようにして逃げた卯吉に中根新三郎が舌打ちをした。

「な、なんなんだ、おめえは」

命を狙われた卯吉は、体勢を整えることもできず、誰何《すいか》した。

「おまえごときに吾が名を告げる価値はない。狩人《かりゅうど》が鹿を射る前に名乗るか」

中根新三郎が嘲《あざけ》った。

「そうかい」

話をしている間は動きが悪くなる。呼吸が戦うためには不向きに乱れるからである。その隙に卯吉が立ちあがった。

「刀の錆《さ》びになるがいい」

中根新三郎が太刀を振りあげた。

「三造さん、敵だ」

卯吉が大声をあげた。

「こいつ、矢切の仲間か」

中根新三郎が頬を苦くゆがめた。

「外にまで見張りを出していたとは。仕留められなかったのは痛恨の極みじゃ」

一撃で殺せなかったことを中根新三郎が悔やんだ。

「卯吉どの、承知した」

矢切屋敷から三造が返答をし、表門が閉められた。

「くそ、これで屋敷への侵入は無理になった。帰ってくる矢切を狙うしかなくなった」

「ざまあみやがれ」

口の端を噛《か》んだ中根新三郎に卯吉が勝ち誇った。

「きさまだけは許さぬ」

屋敷に暴れこみ、良衛の動揺を誘うという計画の変更を余儀なくされた中根新三郎が卯吉をにらみつけた。

「二本差しているからって、なんでもできると思うなよ」

卯吉が匕首を抜いた。

「そのような道具で、吾が刀を受け止められると思っておるならば、あさはかでしかないの」

中根新三郎が、卯吉から目を外さずに気迫を溜《た》めながら近づいた。

「しゃあ」

間合いに入った途端、中根新三郎が太刀を振り落とした。

「へっぴり腰の刀なんぞあたるかよ」

簡単にかわした卯吉が中根新三郎を笑った。

「舐《な》めるな」

落とした太刀を下段からの切り上げに変えた中根新三郎が追撃をした。

「ふん……」

それも卯吉は避けた。

「ちょろちょろと……面倒な奴め。黙って切られておけばよいものを」

中根新三郎が卯吉へ太刀を何度もぶつけてきた。

「おっとどっこい、そっちじゃねえぞ」

走り回って卯吉がからかった。

「きさま……皆、こやつを殺せ。もう隠れている意味などないわ」

業を煮やした中根新三郎が隠れている久吉たちを呼んだ。

「ただちに」

潜んでいた漂泊衆が近づいた。

「逃がすな、仕留めよ」

「はい」

中根新三郎の指示に応じて、漂泊衆が卯吉に迫った。

「ちい、多い」

反撃の隙を狙わず、逃げ回っていた卯吉が臍《ほぞ》を噬《か》んだ。

「囲め」

「背後をふさげ」

漂泊衆が卯吉を取り囲んだ。

「まずいな」

数の差は大きな勝利の条件であった。一対一、一対二ならば絶対負けないと自負している者でも、四人に囲まれてはどうしようもない。

数が少ないと、攻撃はできず、防衛に専念するしかない。卯吉が難しい顔になった。

「もういいか」

ちらと矢切家を確認した卯吉がほっと息を吐いた。

旗本の屋敷は一応戦闘にも耐えられるように作られている。門を閉めてしまえば、攻略に手間がかかり、その音で周囲が気づき出てくる。場合によっては、援助を求めることもできる。こういったとき、医師として近隣の面倒も見てきたのがものをいった。

「死ね」

力を抜いた卯吉の様子を隙と見た中根新三郎が斬りこんできた。

「……おう」

大きく後ろに跳んだ卯吉が、回りこもうとしていた漂泊衆の一人の前に落ちるように降りた。

「えっ……」

いきなり来ると思っていなかった漂泊衆が驚きで、一瞬止まった。

「くらえっ」

卯吉が漂泊衆の腹を力任せに蹴飛《けと》ばした。

「げええ」

漂泊衆が嘔吐《おうと》しながら転がった。

「…………」

「逃げるか」

一人が倒れたことで空いた穴に卯吉が突っこんだ。

「ちっ、なにをしている。逃がすな」

「は、はい」

卯吉が包囲を抜けたことに中根新三郎が怒り、漂泊衆が慌てた。

「矢切に襲撃を報されたら終わりぞ」

刺客が待ち伏せしていると知りながらやってくる者などいない。たとえ、家族を見殺しにできないとしても、一人ではなくなる。かならずや、町方役人を同道することになる。

「おいっ」

「わかっている」

漂泊衆が卯吉を追った。

かつては野山を自在に駆け巡った漂泊衆も、江戸に居着いてしまえば鍛錬などしなくなる。

「速い」

「追いつけぬ」

卯吉の姿を見逃さないのが精一杯であった。

「情けない」

中根新三郎が漂泊衆の現状にあきれた。

「前を空けろ」

怒りのまま、中根新三郎が手に持っていた太刀を卯吉の背中へ投げた。

「…………」

逃げ切るには速度を落とすことになるため振り返りもせず、一心に前を向いて走るべきである。これをしっかり守って追っ手を離してきた卯吉は背後への警戒を捨てていた。

「わたっ」

卯吉の背中に太刀が当たった。幸いだったのは、中根新三郎も落ち着いて槍《やり》を投げるような仕草ではなく、適当に投げたことだった。

中根新三郎の太刀の峰が、卯吉の背中を打った。

衝撃で体勢を崩した卯吉は、なんとかたたらを踏んででも転ばないようにしようとしたが、勢いがついていたために立て直せなかった。

「ぐえっ」

したたか地面で顔を打った卯吉がうめいた。

「お見事」

「さすがでございまする」

「さっさと押さえつけよ」

称賛する漂泊衆を叱りつけ、中根新三郎が卯吉の確保を命じた。

「動くな」

「あきらめろ」

漂泊衆がまだ痛みにうめいている卯吉に追いついた。

「……てえ。くそっ」

卯吉が暴れて逃げだそうとするのを、漂泊衆は二人で押さえこんだ。

「おとなしくしろ」

盆《ぼん》の窪《くぼ》に小刀を突きつけられて、ようやく卯吉は抵抗を止めた。

「手間をかけやがって」

漂泊衆の一人が腹立ち紛れに卯吉を殴った。

「ぐっ……」

卯吉が歯を食いしばった。

「ようやくか……」

途中から歩いた中根新三郎が近づいてきた。

「先生、帰ってきちゃいけやせん」

卯吉が大声を張りあげた。

「あっ、黙らせよ」

「黙れ」

焦った中根新三郎の言葉に漂泊衆が卯吉の顔を地面に押しつけた。

「ろくでもないやつだ」

追いついた中根新三郎が卯吉の脇腹を蹴飛ばした。

「ふぐうう」

顔を押さえられている卯吉がくぐもった悲鳴を漏らした。

「手間をかけさせおって……首を落としてくれるわ」

怒りを露《あら》わにした中根新三郎が投げた太刀を拾い、卯吉の側で振りあげた。

「勘弁してくれ。そいつは役に立つのでな」

「誰だ」

聞こえてきた声に中根新三郎が周囲を窺《うかが》った。

「お初にお目にかかる。深川一帯を預かっている真野という。見知りおいてくれ。もっとも後少しの付き合いになるがの」

良衛たちの先頭に立って真野が名乗った。

「あいつで。あれが矢切でございまする」

久吉が良衛を指さした。

「あの坊主頭か」

中根新三郎が太刀を振りあげた姿勢を維持したままで良衛を見た。

「きさまが矢切か。しばし待て。こやつを始末した後、相手をしてくれる」

卯吉の首へ中根新三郎が太刀を落とそうとした。

「しゃっ」

「はっ」

真野が小柄《こづか》を、良衛が襟元に忍ばせている尖刀を投げた。

「くっ」

中根新三郎が落としかけた太刀を左右に振って、小柄と尖刀を弾《はじ》いた。

「させねえよ」

姿勢を低くした伝法の鳥吉が走った。

「こやつっ。太ももの血脈を断つつもりか」

伝法の鳥吉の手に匕首があるのを確認した中根新三郎が後ろへ退いた。

太ももの内側には太い血管が走っており、ここをやられると即死はしなくとも立ちあがれなくなるだけではなく、急速に血を失って死に至る。筋肉の奥で大事に守られてはいるが、骨がなく肋骨《ろっこつ》に囲まれている心臓などよりも狙いやすかった。

「慣れておるな、荒事に」

中根新三郎が伝法の鳥吉へと切っ先を変えた。

「えっ、えっ」

卯吉を押さえていた漂泊衆が、敵中に取り残されたことに気づいた。

「いつまで卯吉の上にいやがる。男に乗られる趣味はもってねえぞ、卯吉はな」

園部が太刀を抜き撃った。

「……かはっ」

呆然《ぼうぜん》としていた漂泊衆が首の血脈を刎《は》ねられて血を噴いた。

「佐治郎《さじろう》」

久吉が殺された仲間の名前を叫んだ。

「……旦那、助けていただいたのはありがたいですがね、他のところを突くくらいにしてくださいませんかね。せっかくの一張羅が血まみれだ」

背中の漂泊衆を撥《は》ね落とした卯吉がぼやきながら起きあがった。

「すまんな。古着代はそいつからもらってくれ」

園部が詫びた。

「そうしますよ。ほい」

血の海に沈んでいる漂泊衆をひっくり返して、卯吉が懐を漁《あさ》った。

「……六文しか持ってませんぜ」

卯吉が嘆息した。

「三途《さんず》の川の渡し代じゃねえか。つまり、生還は期していない……面倒だな」

真野が天を仰いだ。

四

「きさまらあ」

死人の懐を漁るという最低のまねに残っていた漂泊衆が激怒した。

「そっちから襲っておきながら、仲間を殺されたから許せないというのは、理にかなってねえぞ」

卯吉が言い返した。

「矢切、おまえと一騎討ちがしたい」

静かに経緯を見ていた中根新三郎が要求した。余裕のなくなった漂泊衆に対し、良衛の仲間はあからさまに荒事に慣れている。

このままでは良衛に逃げられると中根新三郎は判断した。

「されば、他の者に被害は及ばぬ」

「断る」

中根新三郎の理屈を良衛は拒んだ。

「なっ……医者のくせに他者の命を軽視するか」

「人は身勝手なものだ。拙者はまだ死にたくはない。見ればわかるであろう。往診帰りで身に太刀も帯びてはおらぬ。まさか、太刀もない相手に一騎討ちを申しこんで、正々堂々の勝負だとでも言いたいのか」

「むうう」

反撃された中根新三郎がうめいた。

「そちらも太刀を捨てるというならば、考えてもよいがな」

「武士が太刀を使わぬなどありえぬ」

良衛の誘いを中根新三郎が拒否した。

「……苦労するな、おまえたちも」

わざとあきれた振りを見せながら、良衛は漂泊衆に話しかけた。

「なにをっ」

久吉が佐治郎の扱いへの怒りを残したまま怒鳴り返してきた。

「こんな輩《やから》の走狗《そうく》となって死ぬとはの。己のことしか考えておるまいに」

「……なにを知っている」

告げた良衛に中根新三郎が低い声を出した。

「すべて……とは言わぬが、ほとんどをな」

良衛が笑った。

「きさまっ……」

中根新三郎が殺気を発した。

「そなたたちはなぜ我らを襲わねばならぬのか知っているのか」

「……………」

漂泊衆が黙った。

「いや、なぜ死なねばならぬのか知っておるか」

重ねて良衛が問うた。

「知らぬ。知らぬでよいのだ。我らは先祖より闇で生きることを定めづけられた者である」

久吉が良衛の話を打ち消そうと強い語調で宣した。

「なんとも哀れな者よなあ」

真野が首を横に振った。

「我らのような無頼でも、金か女か義理かはあっても、己のために死ねるというに。意味もなく往来で無駄死にするのが決まりとは……」

「御上も、いや、二代将軍秀忠さまも無道なまねをなさる」

ちらとこちらへ目をやることで最後を預けた真野に、良衛は応じた。

「な、なんのことだ」

「それ以上は許さぬ」

久吉と中根新三郎が反応した。

「中根さま……」

「ほう、珍しい名字だな」

思わず久吉が口にした名前に良衛が反応した。

「愚か者がっ」

中根新三郎が久吉を叱った。

「偽りを、我らに、共に死のうと誓った我らに……」

「…………」

久吉に見られた中根新三郎が目をそらした。

「ご存じだったのでございますな。先日は知らぬと仰せになられてたのに」

「…………」

「そこまで我らが信用できませぬか」

久吉が情けないとうなだれた。

「すまぬ。知っておったが、口にできぬのだ。知れば、そなたたちとはいえ、口を封じねばならぬ」

申しわけなさそうに中根新三郎が首を左右に振った。

「佐治郎はなんのために……」

久吉が恨み言を口にしかけた。

「死ぬための意義を欲しいと願うことも許されませぬか」

「そうではない。そうではないのだ。ただ、徳川の正統を守るためじゃとだけ覚えていよ。これ以上を知ればより辛《つら》いことになる」

愕然《がくぜん》とする久吉に中根新三郎が額に汗を浮かべた。

「どうしても……」

「すまぬ」

中根新三郎が迫る久吉に詫びた。

「知りたいならば、語るぞ」

そこへ良衛が口を挟んだ。

「きさまっ……許さぬぞ」

かっと中根新三郎が怒った。

「死に土産くらいくれてやってもよかろうに」

良衛が挑発を重ねた。

「黙れ」

「大義のために死ぬと教えてやれ」

「黙れと申した」

中根新三郎の顔が真っ赤になった。

「医者のくせに質《たち》の悪いことだ」

真野が小さく笑った。

「かわいそうに。あれでは戦う気にもなりますまい」

園部が同意した。

「どうしやす」

いつの間にか戻ってきていた伝法の鳥吉が問うた。

「生かして帰すわけなかろう。一度でも敵意を向けた者を残してはならぬ。後顧の憂いを断つべきだ。それが闇を住まいの場とする者の運命」

真野が断じた。

「矢切先生のことは……」

「もう関係ない。こちらは卯吉がやられたんだ」

「くたばってはいやせんよ。鼻の骨は折れたようですがね」

死んだことにされては困ると卯吉が手を振った。

「なるほど、矢切先生には関係ない。あいつらは深川の真野組に喧嘩を売ってきた。こういうことでござんすね」

伝法の鳥吉が納得した。

「わかったならば、やってしまえ。向こうのほうが多いとはいえ、一人が二人やれば勘定は合う」

「わかった」

「合点」

「鼻の恨み……」

真野の合図で三人が獲物へと飛びかかった。

「秀忠さまのご遺言」

久吉がかつて中根新三郎から聞かされたことを思い出した。

「それはなんだ」

「久吉、ならぬ」

良衛へ尋ねた久吉を中根新三郎が制しようとした。

「将軍家の血筋にかかわることよ」

「…………」

良衛の答えに中根新三郎が絶句した。

「誰に、誰に聞いた」

中根新三郎が蒼白《そうはく》になった。

「春日局《かすがのつぼね》さまよ」

「嘘をつくな。そなたが生まれたとき、すでに春日局さまはこの世におられぬ」

良衛の答えを中根新三郎が否定した。

「本人ではなくとも事情を知っている者は生きている」

「弟か……」

「さての」

中根新三郎の推測を良衛は否定も肯定もしなかった。

「もどかしいわ。さっさと話せ」

ついに久吉が我慢できなくなった。

「ぎゃっ」

「ぐっ」

そこへ漂泊衆の悲鳴が響いた。

「なんだ」

「染介《そめすけ》、八郎《はちろう》」

良衛に集中していた中根新三郎と久吉が驚愕した。

「縄張り内で好き勝手されては、こっちの顔が立たないのでな」

真野が太刀を振るった。

「…………」

幹竹割《からたけわ》りにされた漂泊衆が声もなく死んだ。

「くそっ、はめられた」

中根新三郎が舌打ちをした。

「卑怯《ひきよう》な」

「策にはまるほうが愚かなのだ」

罵《ののし》る中根新三郎を良衛が嘲笑《ちようしよう》した。

「恥ずかしいと思わぬのか」

「妻や子を狙う者よりもましだ」

「…………」

良衛の切り返しに中根新三郎が黙った。

「戦え、戦うのだ」

良衛と中根新三郎の遣り取りに気を奪われていた漂泊衆が次々と倒されていく。

久吉が叫んだが、一度喰《く》いこまれては取り返しがつかなかった。

「ぐあ」

最後の漂泊衆が園部の太刀に胸を貫かれて絶息した。

「数の優位をまず崩さねば、勝機は生まれぬ」

良衛が冷酷に述べた。

「それでも医者か」

今度は中根新三郎が良衛を煽《あお》ろうとした。

「医者だから、文句を言わずに殺されろと。ふざけるな」

いい加減良衛は頭にきていた。

「医者が患家を診て、殺されてたまるか」

今回のことも良衛がお伝の方の懐妊を手助けするように命じられたことに端を発している。そこから良衛は綱吉の健康状態に気を遣い、そして深みにはまった。

「………………」

正論に中根新三郎が黙った。

「邪魔するわけにもいくめえ」

真野が久吉へ切っ先を突きつけた。

「おのれっ」

久吉が匕首を抜いた。

「皆の恨み」

「それが勝手だと言うんだ。誰もおまえたちに縄張りへ入ってきてくれと頼んじゃいねえよ」

逆恨みをするなと真野があきれた。

「では、どうすればいいのだ」

漂泊衆最後の生き残りになった久吉がわめいた。

「てめえでてめえを呪っておけ。何があったのかは知らねえが、ここに立つことを選んだのは、おめえだろ」

「うっ」

真野に言われた久吉が詰まった。

「一緒に三途の川を渡ってやれよ。仲間だったんだろう」

あっさりと真野が久吉を袈裟懸《けさが》けにした。

「……なんのために」

久吉が中根新三郎を見ながら死んだ。

「さて、おまえだけになったようだぞ」

良衛が腰に帯びている脇差《わきざし》を抜いた。

「…………」

中根新三郎が落ち着きをなくした。

「まさか、今更逃げるつもりではなかろうな」

「……きさまだけは生かしておけぬ」

疑問を口にした良衛に中根新三郎が言い返した。

「もう一度仲間を集めて、捲土重来《けんどちょうらい》とはさせねえよ」

真野が中根新三郎の背後に回った。

「浪人の分際で、旗本の邪魔をするか」

「わかっちゃいねえな。浪人は徳川に潰された大名の家中だったんだぜ。徳川に腹は立てていても遠慮する気なんぞねえよ」

権威で抑えつけようとする中根新三郎に真野が返した。

「ならば、おまえを斬って……」

「まちがえるな。相手はこっちだ」

良衛が脇差で斬りかかった。

「おろかな。脇差で太刀に勝てるとでも……」

「一騎討ちを求めた奴の言動じゃねえな」

さっと良衛に対抗しようとした中根新三郎に向かって真野が迫った。

「浪人風情が、生意気な。穀潰しの分際で」

中根新三郎が真野を罵倒《ばとう》した。

「通してやってよいぞ」

あきれはてた良衛が真野に言った。

「いいのか、また来るぞ」

「中根とわかったのだ。あとは柳沢出羽守さまにお願いするだけよ」

怪訝な顔をした真野に良衛が告げた。

「そいつはいい」

「…………」

真野が笑い、中根新三郎が黙った。

「邪魔はしねえよ。行きな」

中根新三郎の前から真野がずれた。

「……舐めるな」

「なんだって」

聞こえているのに真野がわざと聞こえないふりでからかった。

「きさまら……許さぬぞ」

怒り心頭に発した中根新三郎が、真野へ斬りかかると見せて、振り向きざまに良衛を狙った。

「馬鹿が」

真野が嘲笑した。

「もっとも手強《てごわ》い相手だぞ」

ため息を吐いた真野の前で中根新三郎の背中から切っ先が出た。

「……喉に尖刀を投げてからの一突きか。遠慮ねえな」

仰向《あおむ》けに倒れた中根新三郎の喉に刺さる尖刀に真野が首を横に振った。

「卯吉を説得する振りで援軍をと思って同道したが……要らなかったな」

「いや、助かった。一人でこれだけの数は無理だ」

感嘆する真野に良衛は感謝の意を伝えた。

「さて、帰るぞ」

真野が配下たちに号令をかけた。

「……真野どの」

「深川の無頼だぜ。将軍が誰になろうが、知ったことじゃねえさ」

声をかけた良衛に真野が手のひらをひらひらと振ってみせた。

「すまぬ」

「今度、奢《おご》れ。吉原《よしわら》がいいな」

「あっしらもお願《ねが》えしやすよ」

頭をもう一度下げた良衛に、真野と卯吉が頬を緩めながら要求した。

第五章　重き蓋

一

半井出雲守《なからいいずものかみ》の用人真田《さなだ》は、日本堤《にほんづつみ》を支配している無頼の親分峯吉《みねきち》を吉原《よしわら》へ呼び出した。

「お初にお目にかかりやす。大川《おおかわ》で渡し船を扱っております峯吉と申しやす」

吉原の揚屋《あげや》堺屋《さかいや》の座敷の下座で小柄な中年男が挨拶《あいさつ》をした。

「主名は出せぬ。真田と言う」

「真田さま……よろしくお願いしやす」

名乗った真田に峯吉が頭《こうべ》を垂れた。

「渡し船というのは儲《もう》かるのか」

真田が問うた。

渡し船は江戸《えど》城の防衛上、架橋できない川の交通を担う。決められた地点と地点を結ぶ定渡しと客の要望に応《こた》えて適当なところへ客を運ぶ渡しとがあった。

当然、定渡しのほうが安い。距離や渡し船の起点、終点などで値段は変わるが、それでも五文から十文の間である。その代わり、あるていど客が集まるまで船を出さないという不便さがあった。

対して客の求めに応じる渡しは、どこからどこまででも行ってくれる。また、客が一人でも船を出す。当たり前だが、そうなれば代金は跳ねあがる。船一艘《そう》を借り切ることを考えるだけでも定船満杯分の料金がいる。さらに船頭への心づけも払わなければならない。

定渡しと渡しはどちらも一長一短であった。

「おかげさまで粥《かゆ》を啜《すす》るていどのことはできまする」

峯吉が答えた。

「それは重畳だの」

真田がうなずいた。

「ご用件を」

無駄話をしにきたわけではないと峯吉が用件を促した。

「だの」

うなずいた真田が、懐から小判を二十枚出した。

「……………」

それを峯吉が興味なさそうに見た。

「人を一人、片付けて欲しい」

「……わたくしを名指しでお呼びということで、おそらくこういったご用件だろうと考えておりましたが……」

ため息を吐いた峯吉が真田を見つめた。

「どなたさまを」

「幕府医師矢切良衛《やきりりようえい》という医者坊主をこの世から消してくれ」

真田が良衛の名前を出した。

「幕府お医師を」

峯吉が首をかしげた。

「詳細は問うな」

「承知いたしやした」

「仕留めてくれるな」

うなずいた峯吉に真田が念を押した。

「よろしゅうございますが、他に聞かせておいていただくものがあれば」

「別段ない」

「お隠しになられては困りますなあ」

峯吉が小さく首を横に振った。

「なにを隠していると申すのだ。ただの医者だ。簡単なことであろう」

真田は動揺を見せなかった。

「お断りいたしやしょう」

金に手を伸ばすことなく峯吉が拒絶した。

「なぜだ。二十両ならば相場より多いだろう」

「そこでございますよ」

報酬に文句はないだろうと言った真田に峯吉が笑った。

「…………」

「おわかりになりませんか。わたくしとは初対面だというに、殺しの相場をご存じというのはおかしくはございませんかね」

黙った真田に峯吉が語り始めた。

「それは他人《ひと》から聞いてじゃ」

「どなたさまで」

「言えるわけなかろうが」

名前を問われた真田が拒んだ。

「おかしなお話で。わたくしを紹介しておきながら、名前は黙っておけというのは、無理がございましょう」

「名前を出してくれるなとの求めじゃ」

「あいにくでございますが、身許《みもと》の知れないお方の仕事はお断りさせていただいておりやすので」

真田の話を峯吉が鼻で笑った。

「おわかりではございませんかね。あなたさまが御上の手の者ではないという保証がないと言っておるのでございますよ」

「御上の手の者……それはない」

真田が否定した。

「それをどうやって証明なさるおつもりで。相場を知っていながら御上の手の者ではないという。それが正しいとしたら、今まで使ってきた親分ともめたか、断られたか、なにかあったとしか思えやせん。いわばもめごとをお持ち」

「…………」

「ただ違うだけで信用いたしませんよ」

「…………」

「ということで、御免を。こちらも捕まるわけには参りません」

答えなくなった真田に峯吉が一礼して座を立った。

「深川《ふかがわ》の辰屋《たつや》を存じておるか」

「辰屋さんでございますか。なんどかお目にかかったことがございますよ」

峯吉が腰を下ろし、聞く姿勢になった。

「その辰屋を使っていたのだが……」

「死んでしまったと」

「そうだ」

真田が認めた。

「辰屋の後を継いだ真野《まの》さまとはお付き合いは……できませんか」

前の親分と次の親分の間に、納得ずくの縄張り譲渡があれば問題は起こらなかった。顧客も同じように扱われたからである。

しかし、今回の深川のような前の親分を殺しての下克上、あるいは他所《よそ》から攻め入っての押領《おうりよう》となれば、今までの関係は白紙になった。どころか、場合によっては敵対関係になるときもある。

真田と真野の関係は後者に近い。辰屋の大きな金蔓《かねづる》であった真田は、真野にとって敵であった。

「そういうご事情とあれば、お引き受けするにやぶさかではございませんが……」

「わかっている。じつは、辰屋にも一度頼んだが失敗した」

「ほう、あの辰屋の親分さんが」

真田の話に峯吉が驚いた。

「その医者坊主と従者がかなり剣術を遣うらしい」

「それくらいならば、どうということはございませんな。こちらも腕の立つ者はおりますし、やりようはいくらでもございます。いざとなれば鉄炮《てつぽう》を遣えばよろしい」

「鉄炮は御法度のはずだ」

真田が目を剝《む》いた。

幕府は鉄炮を警戒し、城下での発砲を厳しく取り締まっている。無断での発砲は捕まれば死罪になる。

「撃ったその足で江戸を出てしまえば、捕まりはしませんよ。鉄炮の弾に名前を刻んでいるわけでもあるまいし」

怖がらずとも大丈夫だと峯吉が述べた。

「他には」

「深川の真野がどうやら、医者の味方に付いているらしい」

「……ほう」

初めて峯吉が目を細めて警戒した。

「地元の無頼を味方に付けた医者……ちいと難しい話になりやすね」

「そのぶんも上乗せしたつもりだ」

腕を組んだ峯吉に真田が金へ目をやった。

「二十両……もう少しいただけませんかね」

「いくらだ」

「あと十両、お願いいたしやす」

「三十両は高すぎるぞ」

真田が強欲だと文句を付けた。

「他に引き受け手がいなかったのでございましょう」

「…………」

にやりと笑った峯吉に真田が沈黙した。

「やむを得ぬ。残り十両は終わってからでよいな」

「けっこうでございますよ」

峯吉が納得した。

「急いでくれ」

「そのご要望はお受けしましょう」

真田の要求を峯吉が呑《の》んだ。

「報告はどちらへ」

「この揚屋で真田を呼んでくれと言ってくれれば、連絡は付くようにしてある」

連絡先を尋ねた峯吉に真田が告げた。

「では、吉報をお待ちくださいやし。城下あたりの気弱な連中とは違うというのをご覧にいれやしょう」

峯吉が胸を張った。

吉原は御免色里と言われている。これは関ヶ原《せきはら》の合戦に向かう徳川家康《とくがわいえやす》を品川《しながわ》の宿場で遊女たちが歓待し、その勝利を祈ったことに拠《よ》った。

「江戸の遊女たちをまとめよ」

歓待の差配をした北条《ほうじょう》氏浪人庄司甚内《しょうじじんない》を呼び寄せた家康が、こう命じたことで吉原が創設され、今に至っている。

「神君家康公お声掛かり」

この看板は大きく、町奉行所でも吉原への手出しはできない。どころか神君家康公のお許しを得ている吉原に手出しをしようとする者がいたら、町奉行所が排除に動いた。

となれば、その辺りの無頼ていどでは、端《はな》から相手にされない。

「出ていったな」

峯吉が大門《おおもん》を潜って出ていったのを吉原会所《かいしょ》に詰めている男衆が確認した。

「どこへいっていたかはわかるか」

男衆の頭が別の男衆に問うた。

「吉原の揚屋、堺屋さんで」

「堺屋で寝泊まりをしているのか」

「いや、今宵《こよい》だけのはず」

「誰ぞ、堺屋で話を聞いてこい」

「抜かりはなし」

一人の男衆が自慢した。

「堺屋によると典薬頭《てんやくのかみ》半井出雲守さまの用人がご一緒やったとか」

男衆は告げた。

吉原の揚屋は現金商売はまずしなかった。現金で支払ってもらえば面倒がなくてよいのだが、そうすると手持ちの範囲でしか遊んでもらえない。

「もう少しお酒を……」

「お腹が空《す》いて……」

呼んだ遊女たちの願いも現金払いだと無下にするしかないときが出てくる。

「頼むよ」

その一言で揚屋がすべてを立て替え、後日請求してくれるやりかただと、遊女の前で太っ腹なところをみせることもできるため、客も機嫌良く遊んでくれる。

揚屋としては付けで遊んでくれる客がありがたい。

もちろん、付けにするには信用が要る。初見で付けが利くはずもない。馴染《なじ》みの客の紹介があったうえで、どこの誰かだとわかってこそ、財布を持たずに遊べるのだ。

揚屋はどこの客が誰と会って、どこの遊女と一夜を過ごしたかをしっかりと把握している。また、吉原という狭い世間でやっていくには、周囲との協調が大切になる。実質、吉原の警固を担当している会所からの問い合わせには、包み隠さず話すのが当たり前であった。

「よくしてのけた。真田さまの馴染みはどこだ」

会所の男衆をまとめる初老の頭が問うた。

「わたくしどもの見世で」

一人の男衆が手を挙げた。

吉原会所は吉原最大の大見世三浦屋四郎左衛門《みうらやしろうざえもん》が差配しているが、そこに詰める男衆は他の見世からも当番として出されている。

「卍屋《まんじや》さんか。大見世だな」

男衆の頭が感心した。

「で、馴染みは誰だい」

「格子《こうし》の佐埜川《さのがわ》さんで」

「佐埜川さんは、吉原で長い。しきたりはよくご存じだな」

「明日にでも寝物語を聞いておきます」

卍屋から出されている男衆が言った。

「頼んだ。日本堤の峯吉は吉原に手出しをしようと考えている。男は抱いた女に口が軽くなる。それをさせないようにするのも会所の仕事だ。いや、吉原を守るのが会所よ」

男衆の頭が強く宣した。


吉原を出た峯吉は、五十間道《ごじっけんみち》と呼ばれる独特の曲がりかたをする門前道をすぎ、日本堤へと至った。

「いるか」

「ここにおりやす」

日本堤から声をかけた峯吉に応答があった。

「…………」

声のしたほうへ下った峯吉は、もやってある猪牙船《ちょきぶね》へと乗りこんだ。

「出せ」

「へい」

峯吉の合図で猪牙船が岸から離れた。

「仕事が入った。大がかりなものになるし、後々のつきあいもうまそうな相手だ」

「…………」

しゃべる峯吉に応答せず、船頭は猪牙船を操った。

「集めているな」

「あそこに」

確認する峯吉に船頭が舳先《へさき》の向こうを指さした。六艘の猪牙船と一隻の屋形船が大川のなかほどで月明かりのなかに浮かんでいた。

「近づけろ」

峯吉が指図して、猪牙船が静かに屋形船へと寄り添った。

「お待ちしておりやした」

屋形船の船頭がすばやく障子を開けて峯吉を受けいれた。

「ご苦労。集まってるな」

「へい」

屋形船のなかで七人の男が待っていた。

「仕事だ。場所は深川、獲物は幕府医師矢切良衛。本人と従者が剣の遣い手だそうだ」

「深川……よろしいんで。深川の縄張りに踏みこむことになりやすが」

聞いたうちの一人が懸念を表した。

「かまわねえというより、こちらから喧嘩《けんか》をふっかける」

「ということは……いよいよ深川に手を」

「そいつは豪儀だ」

集まった連中から興奮の声があがった。

「水を差すようでござんすが、深川は手強《てごわ》いですぜ」

「真野に園部《そのべ》の二人は剣術道場を開けるほどの腕前だとか」

懸念の意見も出た。

「わかっている。真野と園部には……鉄炮を遣う」

「鉄炮を……」

「どうやって手配を」

峯吉の発言に一同が困惑した。

発砲を厳に戒めている幕府は鉄炮の流通も制限している。武士あるいは猟師でなければ手に入れることは難しい。また、誰でも撃てばいいというものではなく、しっかりと当てられないと意味がない。鉄炮の必中距離はせいぜい二十間（約三十六メートル）でしかなく、装塡《そうてん》に手間取るだけに剣術遣いを狙って外せば次弾を放つ余裕はなくなった。

「賭場《とば》で首の回らなくなった鉄炮組の同心がいるだろう」

戸惑う一同に峯吉が述べた。

「ああ、いやした。あっしの賭場に」

一人の男がうなずいた。

「鉄炮組なら鉄炮を持っているだろうし、使い方も慣れているはずだ」

「たしかに」

「なるほど」

一同が感心した。

「できれば三人ほど手配したいところだが、次郎太郎《じろうたろう》、どうにかできるか」

「借金漬けの同心は言うことを聞くでしょうが……」

次郎太郎と呼ばれた男が難しい顔をした。

「金でどうにかしろ。今どきの同心だぞ。三十俵そこらの家禄《かろく》でまともに飯が食えるはずもねえ。少しちらつかせれば揺らぐはずだ」

峯吉が案を出した。

徳川の先手《さきて》を担う鉄炮組は番方の花ではあるが、戦がなければ手柄の立てようもなく、ずっと同じ禄で過ごすしかない。そして戦がなくなり泰平になると人は贅沢《ぜいたく》を覚え、金遣いがどうしても荒くなる。三十俵から五十俵、金にして十両から十五両ていどの禄では、とてもやっていけない。鉄炮組だけでなく幕府先手組、大番《おおばん》組などの同心は内職をしなければやっていけなくなっていた。

「いくらぐらい出せば」

「それくらい、てめえで判断を付けな。でなきゃ、深川か本所を預けられねえぞ」

「あっしに預けてくださるんで」

峯吉の言葉に男が興奮した。

「両方は駄目だ。だが、片方なら預けてやる。しっかりとやれよ」

「お、お任せを」

男が喜んで受けた。

「さて、残った片方は、誰が差配することになるか、それは医者坊主の首を獲《と》った者ということにする。いいな」

「承知」

残った者たちが峯吉の誘いにのった。

二

一夜明けた翌日、良衛はいつもと同じ刻限に登城した。

「態度に出すな。落ち着け」

良衛はずっと口のなかで己に言い聞かせていた。

「おはようございまする」

御広敷番《おひろしきばん》医師溜《だまり》に入ったときも、良衛は平然としていたつもりであった。

「どうなされた、いささか声がうわずっておられるようだが」

さすがは医者の集まりである。あっさりと良衛の心のうちの乱れを見抜いた。

「いや、別段これといって」

良衛はあわててごまかし、そそくさとお伝《でん》の方のもとへと向かった。

「津島《つしま》」

お伝の方が良衛を見るなり、他人《ひと》払いを命じた。

「……あの」

「わかりやすすぎるわ」

診察のときは津島以外にも立ち会いを認めているお伝の方らしからぬ行動に、首をかしげかけた良衛へお伝の方がため息を吐いた。

「ああっ……」

良衛が崩れた。

「津島、茶を淹《い》れてやれ。まったく、日ごろのそなたからは想像がつかぬ」

お伝の方があきれ果てた。

「……落ち着いたか」

「かたじけのうございました」

将軍の寵姫《ちょうき》の前で茶を飲む。まちがいなく終わり初物になるだろう行為だったが、往診に出た医師ならば患者の前で休息を取りつつ雑談を交わすのが普通である。慣れた行動でなんとか良衛は落ち着きを取り戻した。

「で、どうした」

「はい。じつは昨日……」

問われた良衛が中根《なかね》新三郎《しんざぶろう》たちのことを語った。

「旗本がそなたを襲っただと」

お伝の方の眉《まゆ》が吊《つ》りあがった。

「お平らに、お方さま」

津島がお伝の方を宥《なだ》めた。

「落ち着いておられるか。矢切は妾《わらわ》を診る医師であるぞ。それも妾が上様のお胤《たね》を孕《はら》むように努めておる。その矢切を襲うなど妾を、ひいては徳川家のお血筋を襲うも同然である。ただちに目付《めつけ》へ命じて、その者の家を取り潰《つぶ》し、与《くみ》した者どもも咎《とが》め立てなければならぬわ」

お伝の方がすさまじい勢いで憤った。

「わたくしが申すのもなんでございまするが、お方さま。少し気を落ち着かれなさいませ」

今度は良衛がお伝の方を説得した。

「なにを申しておるか。そなたはこれがどれほどの大事かわかっておろう」

「重々承知いたしておりまする。つきましては、密《ひそ》かに上様へご報告すべく、お方さまに御仲介の労をお願いいいたしたく」

まだ怒りの収まらないお伝の方に良衛が頼んだ。

すでになんどか綱吉《つなよし》の脈を取っている良衛であるが、身分は御広敷番医師でしかなく、求めがなければ御座《ござ》の間《ま》へ伺候することもできなかった。

「……ふむ」

綱吉へ報《しら》せたいと言った良衛の求めに、お伝の方が少し落ち着いた。

「妾の使者として上様にお目通りを願うか。それしかないの」

ことがことだけに知っている者の数はできるだけ少なくしたほうがいい。密事は一人かかわる者が増えるだけで、八人に漏れると言われている。

「そう願えればと思っておりまする」

お伝の方が良衛の要求に応じた。

寵姫が将軍へ手紙を出す、あるいは使者を出すことは認められていた。とくに将軍家の子を産んだ寵姫ともなれば、一門扱いになるため問題になることはない。

「大奥のお鈴廊下番《すずろうか》は、妾でどうにでもできるが、中奥小姓《なかおくこしょう》どもは無理じゃ」

お伝の方が難しい顔をした。

将軍が大奥へ出入りするために使うお鈴廊下は御台所《みだいどころ》、側室の使者も通過できた。ただ、男子禁制の大奥という建前から、男子の通過は将軍以外認められていない。大奥でもっとも力を持つお伝の方でも、中奥を警固する小姓たちまでは思うようにできなかった。

「そこは出羽守《でわのかみ》さまにお任せすれば」

津島が提案した。

「そうじゃの。小姓頭取の出羽守ならば、奥小姓どもを黙らせるくらい、簡単なはずじゃ」

お伝の方がうなずいた。

「かと申して、妾や津島が出羽守へ書を遣わすわけにはいかぬぞ」

大奥の女中はすべて将軍家のものになる。その大奥女中がいかに綱吉の信頼厚い柳沢吉保《やなぎさわよしやす》とはいえ、手紙を出すのはまずかった。

「では一度、わたくしが御広敷に戻り、出羽守さまにお願いをしてから。ふたたびこちらへ戻って参りまする」

大奥へ出入りができるのは御広敷番医師の特権である。それを良衛は利用するといった。

「そうするしかないの」

「はい」

お伝の方と津島が同意した。

「そなたが戻るまでに、お鈴廊下番に話を通しておく」

「お願いをいたしまする」

一礼して良衛はお伝の方の局《つぼね》を一度出た。

御広敷から中奥までは近い。良衛は御座の間前で控えているお城坊主に柳沢吉保を呼び出してくれるように頼んだ。

「これはありがたく」

すでに良衛が来たら、かならず通せと厳命されているお城坊主であるが、もらえるならばありがたいと、良衛の差し出した白扇を押しいただいた。

「……すぐにお見えになるそうでございまする」

戻ってきたお城坊主が報告し終わるのを見ていたように柳沢吉保が御座の間から出てきた。

「……来い」

「はい」

顎《あご》で誘った柳沢吉保に良衛は従い、他人の耳がないところまで移動した。

「お願いが……」

良衛が柳沢吉保にかいつまんで話をした。

「詳細は上様の御前で」

「……むううう」

そう言った良衛を前に柳沢吉保が唸《うな》った。

「上様にお報せせず、なんとかできぬか」

「ことが二代将軍秀忠《ひでただ》さまだけでなく、神君家康公にまで及びかねませぬ」

綱吉を気遣った柳沢吉保に良衛が首を左右に振った。

「しかしだな、上様にご心労をおかけするのは臣下としてしのびない」

「後でどこからかお耳に入ったとき、出羽守さまの信用は失墜いたしますが……」

柳沢吉保の気遣いが、かえってその身を危うくしかねないと良衛は危惧《きぐ》した。

「密事はかならず漏れまする。出羽守さまとわたくしは口をつぐんでも、中根の一門がございまする」

「滅ぼすか」

虫でも潰すような淡々とした言葉遣いで柳沢吉保が述べた。

「それも上様にお伺いせねば」

良衛は賛成できないと応えた。

柳沢吉保は徳川家ではなく、綱吉に忠誠を誓っている。綱吉のお陰で館林《たてばやし》徳川家臣という陪臣扱いの身分から直臣へとなり、さらに諸大夫《しょだいぶ》の小姓頭取へと引きあげられた。いや、堀田筑前守正俊《ほったちくぜんのかみまさとし》亡き後の寵臣《ちょうしん》として、今後益々の立身出世は約束されている。このすべてが綱吉の采配《さいはい》であり、柳沢吉保にしてみれば、まさに高恩を蒙《こうむ》っている状態であった。

「……………」

柳沢吉保にしてみれば、綱吉への負担は避けたいのだ。良衛の勧めにも応じず、じっと黙っている。

だが、良衛にしてみれば綱吉への忠誠を持っていないわけではないが、そこまでではない。徳川の家人として主家への忠義よりは軽い。

なにより、これ以上面倒に巻きこまれるどころか、その中心にいたくはない。さっさとすべてを綱吉に投げ渡して、そっちで話をして欲しいのだ。

「出羽守さま、上様を暗愚なお方になさるおつもりか」

「きさまっ、口が過ぎるぞ」

暗愚という表現を出した良衛を柳沢吉保が睨《にら》みつけた。

「いいえ、申しまする」

このままでは一生涯敵に襲われないかとおびえる日々を送るか、政《まつりごと》の歯車の一つに組みこまれて、遣い潰されるかになる。それこそ、綱吉が敵視している甲府《こうふ》徳川綱豊《つなとよ》を毒殺しろと命じられかねないのだ。

医者としての最高位の奥医師になり、その権勢を誇ることができるとしても、それだけは絶対にしてはならないことであった。

「上様はご親政をなさろうとお考えだと伺いました。また、それだけのご器量もお持ちでございまする。その上様に重要なことをお報せせぬというのは、違いませぬか。上様がこのていどのことで潰れられると……」

「口を閉じよ」

柳沢吉保が良衛へ低い声で命じた。

「失礼をいたしましてございまする」

良衛がこれ以上の抗弁はまずいと謝罪した。

「上様はご英邁《えいまい》であらせられる。これはまちがいのないことである」

「はい」

あらためて柳沢吉保が宣し、それを良衛は肯定した。

「…………」

そこまで言って柳沢吉保が苦い顔で黙った。

「……吾《われ》は上様に世間の美しいところだけをご覧いただきたかった」

少しして柳沢吉保が絞り出すようにして言った。

「上様が儒学を、とくに朱子学《しゅしがく》をお好みであることは存じておるな」

「存じあげておりまする」

柳沢吉保の確認に良衛は首肯した。

綱吉は幼少から学問、とくに儒学の一つ朱子学を好み、幕府儒学者の林鵞峰《はやしがほう》、鳳《ほう》岡《こう》の親子に師事した。

「将軍家のお血筋でなくば、学統の後継者としたものを」

こう林家の親子から感心されるほど、綱吉は優秀であった。

「朱子学は治世者が身を慎むことが第一としている。上様はそれを体現なされておられる」

「…………」

今度は良衛が聞き役になった。良衛は綱吉と何度も話をしているとはいえ、ずっと一緒にいるわけではない。綱吉の性質などを完全に知ってはいない。

「老中《ろうじゅう》たちが執政になったことを誉れと思っているとか、権門への付け届けなどを、上様はお認めにならぬ。人の上に立つ者は欲を抑え、心静かに政をなさねばならぬと常日頃から仰せである」

「まさにお考えの通りでございまする」

良衛も同意した。

医者は政にかかわってはならない。医者が権に近づくのは、人に軽重を付けることに繫《つな》がるからだ。

老中だから、庶民よりも重要だから、なにをおいても治療しなければならない。こういった考えになる医者は多い。

良衛も無料での治療や投薬には反対である。医者はその行為によって生活の糧を得、あらたに薬を買ったり、新たな技術を学ぶのだ。それを無料でしてしまえば、まず己と家族が飢える。さらに薬を購入できなくなり、患者を治せなくなる。

しかし、金をくれる患者がすべてかというとそうではない。医術は万人のためのものであり、権門のためではないと良衛は信じている。

この点において、良衛は先代の奈須玄竹《なすげんちく》を買っていない。奈須玄竹は家光《いえみつ》の寵臣堀田加賀守正盛《かがのかみまさもり》を治して千両というとてつもない謝礼を受け取っている。奈須玄竹はどれほど有名になろうとも、旗本屋敷の一画を間借りしたままで豪勢な屋敷を欲しがったりしなかった。与えられた千両も贅沢に使ったわけではなく、薬や医術の研鑽《けんさん》に費やしたのだと良衛も思っている。だからといって千両はもらうべきではなかったと思っている。それだけの金額をもらったというのは、隠せない。世間の誰もが知る。そうなれば、金のあまりない人は奈須玄竹に診てもらおうと思っても、高いのではないかと二の足を踏む。その結果、病が治らなかった人が出てしまったかも知れない。奈須玄竹は千両から、決まりの金額だけを受け取り、残りを薬草や稀覯本《きこうぼん》にしてもらうべきであったと良衛は考えている。

良衛も裕福な商家からは、結構な金額を受け取ることはあるが、噂になるほどの金額ではないところで抑えていた。

だけにあまり政の中枢に近づきたいとは思ってはいなかった。

「我ら上様の臣が、汚いところを担えばいい。上様には美しい国をお考えいただければよいと思っていた。それをそなたはまちがいだと言うのだな」

「きれいなものだけを見て生きてはいけませぬ。申すのもはばかりありましょうが、上様のお側近くに仕えるお方の皆が、出羽守さまのような考えをなさっておられるわけではございますまい」

「……ああ」

嫌そうな顔で柳沢吉保が認めた。

「それに上様はすでに汚いものをご覧でございまする」

「宮将軍か」

「はい。上様の将軍継嗣を阻害する者がおりました。それを上様は目の当たりにされた」

「まだ吾が上様のお側に上がる前だな」

柳沢吉保は館林藩士だったころは小姓番士であり、綱吉の警固を担ってはいたが、より近くで接するようになったのは、綱吉が将軍となってからのことだ。綱吉が将軍となって、館林藩士から旗本になった柳沢吉保は、小納戸《こなんど》へと転じている。これは将軍の警固を担う小姓番士は名門旗本の誉れある役目だとして、館林藩士だった者は一段低い小納戸へと落とされたからであったが、そのお陰で柳沢吉保は綱吉とより近づけた。

「それだけではございませぬ。筑前守さまのことも」

「刃傷か……」

良衛の言葉に柳沢吉保が頬をゆがめた。

「まさか……あれも」

「ではないかと愚考しておりまする。それまで上様にお報せせずに片付けまするか」

さっと顔色を変えた柳沢吉保に良衛が迫った。

「……それはできぬ。上様の片腕となって天下を治める筑前守さまを害した者への咎めは上様がなさるべきである」

柳沢吉保が納得した。

「わかった。上様のご都合を伺って参る。そなたはここで待て」

言い残して柳沢吉保が御座の間へと姿を消した。

三

御座の間へ戻った柳沢吉保は、下座の中央に手を突くなり綱吉へ言上した。

「お耳をお願いいたしまする」

「……よい」

柳沢吉保の表情を見た綱吉が許した。

「御免」

立ちあがった柳沢吉保が日ごろの礼儀礼法を忘れたかのように、上段の間へと足を踏み入れた。

「出羽守どの、あまりでござるぞ」

小姓組頭が思わず注意を発した。

「よい、躬《み》が許した」

綱吉が小姓組頭を宥めた。

「ですが……」

立ったまま主君の前に進むのは、謀叛《むほん》と取られてもしかたない行為である。懐に刀をしのばせていたら、小姓たちが盾になる前に綱吉は討たれてしまう。膝行《しっこう》させるのはわずかな差だが、一度立ちあがるという行為をさせることで小姓たちが動けるようにするためなのだ。

「そなたの忠節はうれしく思う」

「畏《おそ》れ多い」

将軍に褒められた小姓組頭がそこで引いた。

「上様」

綱吉の真正面で柳沢吉保が膝《ひざ》を突いた。

「珍しいの。そなたがそこまで焦るのは」

「お耳を……」

「うむ」

求めに応じて綱吉が柳沢吉保の口元へ耳を傾けた。

「……むうう」

聞き終わった綱吉が姿勢をもとに戻しながら唸った。

「是非ともお願いをいたしまする」

「躬に聞かせるべきだと申したのだな、矢切が」

「はい」

確かめた綱吉に柳沢吉保はうなずいた。

「よかろう。半刻《とき》（約一時間）後、すべての小姓どもを出す」

「ありがとう存じまする」

決断した綱吉に柳沢吉保が低頭した。

「では、その旨を」

良衛に伝えるとして、柳沢吉保が御座の間を出た。

「……との仰せである」

「了解いたしましてございまする」

手配をすませた柳沢吉保から聞いた良衛が了承した。

「半刻でございまするな。急がねば」

良衛があわてて御広敷へと戻った。

大奥を含め、城中で走ることは認められていない。例外がお城坊主と医師であった。とはいえ、認められているからといって走っては目立ってしまう。

お伝の方の局までは下《しも》の御錠口《おじょうぐち》からかなり遠い。

「急がねば」

焦る気持ちを抑えながら、良衛はもう一度大奥へ入った。

「お医師、なにをしておる」

禿頭《とくとう》で十徳《じっとく》、馬乗り袴《ばかま》とくれば一目で医師とわかる。お伝の方の局へ向かう途中の良衛を大奥女中が咎めた。

「お伝の方さまの局へ向かいまする」

「……すでに一度向かったのではないか」

大奥女中が怪訝《けげん》な顔をした。

「忘れものをいたしましたので、それを取りに御広敷へ戻っておりました」

「……忘れものか」

良衛の言いわけに大奥女中が疑いの目を向けた。

「急ぎますゆえ、これで」

将軍の指定した時刻に遅れることは許されない。良衛は大奥女中をいなそうとした。

「待ちやれ」

大奥女中が良衛の前に立ちはだかった。

「なにをなさる」

ぶつかりそうになった良衛がたたらを踏んだ。

御広敷番医師とはいえ、診察以外で大奥女中に触れるわけにはいかなかった。それがたとえ事故だとしても、良衛への処罰はおこなわれる。

「大声を出そうかえ」

大奥女中が小声で言った。

「なにを言われる」

良衛が大奥女中を見つめた。

「無体を仕掛けられたと騒いでみしょうかと申しておる」

「……なにが目的だ」

笑う大奥女中に良衛が険しい声を出した。

「お伝の方さまに施している秘術を妾にもしてたもれ」

「……あれはお伝の方さまだけになされているものぞ」

良衛が反対した。

「密かにじゃ。密かにしてくれればよい」

「手間がかかる」

「そうでもなかろう。毎日、そなたが大奥へ出入りしているのを見ておったが、日ごろは小半刻（約三十分）ほどしかお伝の方さまの局におらぬではないか」

時間がかかるから無理だと言った良衛に大奥女中が言い返した。

「見ていたのか……」

良衛が背筋に寒いものを覚えた。

「どうする。騒ぎを好むかえ。乳を摑《つか》まれた、裾《すそ》を捲《まく》られたと泣きわめくぞ」

大奥女中が勝ち誇った顔をした。

「やむをえぬ。名前は、局はどこだ」

良衛が渋々うなずいた。

「名前は言わぬ。局もの。毎朝、ここで待つ」

そう言うと大奥女中が良衛の進路を開けた。

「妾のほうがお伝の方さまより十五歳も若い。上様のお胤を受け止めるに、どちらがふさわしいか、医師ならばわかるであろう。なに、妾が懐妊して和子《わこ》さまを産んだならば、そなたを奥医師に推薦してやる」

取らぬ狸の皮算用をして大奥女中が去っていった。

「まずいの。上様にお子さまができるまで、こういう手合いは尽きまい」

将軍の子を孕むのは大奥女中の悲願である。良衛はこれから先も同じような女が出てくるだろうと考えて、憂鬱《ゆううつ》になった。

「いかん、それどころではないわ」

すでにかなりの手間を喰《く》った。

良衛は駆け足寸前まで足を速めた。

「お伝の方さま……」

局に入ってきた良衛をお伝の方がただちに上の間へと通した。

「で、上様は……」

「さきほど半刻後にとのお指図をいただいておりまする。時刻はほぼ四つ（午前十時ごろ）でございました」

「なに四つだと。もう、四つ半（午前十一時ごろ）ぞ。なにをしておった」

「その前にまずご手配を」

「津島」

「承知いたしておりまする」

お伝の方の腹心がお鈴廊下番を把握するために出ていった。

「で、なにがあった」

「途中で……」

遅くなった理由を問われた良衛が告げた。

「愚かな。上様が完全に他人払いをできる間は短いというに」

将軍の身になにかあれば、小姓や小納戸だけでなく、老中も含めての責任になる。それこそ両手では足りないほどの切腹が出る。そうなっては老中や小姓たちもたまらないため、他人払いはできるだけ避けてもらおうとする。

また、これは小姓たちの役目にかかわることでもあるため、将軍といえどもあまり長く無防備な状況に自らを置くことはできない。

他人払いをされてあるていど刻が経てば、小姓組頭が老中へと報告し、老中が将軍に諫言《かんげん》して他人払いを終わらせる。家康も遠慮した執政と呼ばれる老中の意見は将軍であっても無視できなかった。

そしてこうなった場合、将軍に他人払いを求めた者は厳しい処罰を受けることになる。

「まだそのようなおろかなことを申す女がいたとはの。しかも妾よりも若いゆえ上様のお胤を孕みやすいなど……上様のお情けさえ頂戴《ちょうだい》してもおらぬくせに」

お伝の方が憤った。

「そなたを奥医師にしてくれるとな」

「上様のお胤を出世の道具にするなど論外でございまする」

「そうじゃ。妾が上様のお胤を三度受けたいと願うは、お血筋を続けなければならぬと考えておるからじゃ。それこそ天下泰平の礎である」

「はい」

良衛も同意した。

「それとはばかりあることではあるが、女として愛《いと》おしいお方の子を産みたいと思うのは当然であろう。妾の場合、それが上様であったというだけじゃ。それを……」

お伝の方が手に持っていた扇子をへし折った。

「お方さま、お手に傷が……」

あわてて良衛がお伝の方から扇子を取りあげた。

「大事ないわ。手なぞすぐに治る。が、気持ちは収まらぬ」

「ご対処をお願いしても」

良衛もこの大事なときに、つけこんできた大奥女中に気分を害していた。しかし、良衛に大奥女中を咎めだてる権はない。良衛はお伝の方の気晴らしもかねて、どうするかを預けた。

「任せよ。上様のお胤云々《うんぬん》を申すならば、中臈《ちゅうろう》であろう。全部集めても二十人もおらぬ。お清《きよ》の中臈を除けば、十五人ほどじゃ。今日中には片付けておく。身につけていた打掛の文様を覚えておるな」

「赤地で白牡丹《ぼたん》に黄色の蝶《ちょう》が舞っておりました」

問われた良衛が思い出した。

打掛は大奥で中臈以上の女中だけが身につけられる。女中たちにとって打掛は身分の象徴であり、己だけの意匠に凝っていた。

「派手な……ふん」

「お方さま」

鼻でお伝の方が笑ったところに津島が帰ってきた。

「できたか」

「はい。お鈴廊下番は黙らせましてございまする」

「御台所さまへのご報告は」

「今より、向かいまする」

お伝の方の確認に津島が答えた。

「御台所さまにはお話をしておかねば、後で問題にする者が出てくるかも知れぬ」

怪訝な顔をした良衛にお伝の方が、理由を語った。

御台所鷹司信子《たかつかさのぶこ》は、綱吉がまだ館林藩主だったころに江戸へ下ってきた。綱吉の父家光の御台所、甲府徳川綱豊の御簾中《ごれんじゅう》とも親戚《しんせき》筋にあたり、五摂家《せっけ》のなかでも徳川との距離は近かった。綱吉との仲は悪くなかったが子供には恵まれず、上流武家の正室としてお伝の方が産んだ徳松《とくまつ》、鶴姫《つるひめ》の養母となっていた。とくに徳松のことはかわいがり、その死を受けてお伝の方が嘆いていたのを慰めて以来、二人の仲は良好であった。

「さあ、行け。矢切。大奥での面倒は妾が引き受ける。きっと上様にお話をして参れ」

「承りましてございまする」

良衛が手を突いた。

将軍寵姫の局は、御成の閨《ねや》に当たる小座敷へほど近い。といったところで指呼の距離ではない。

「走ってよいぞ。苦情はすべてこちらで片付けるゆえ」

見送りに出た津島が告げた。

「では、遠慮なく」

良衛は駆けた。

四

「…………」

良衛がお鈴廊下にかかったとき、大奥と中奥を仕切る大杉戸《おおすぎと》は開け放たれ、その両横にお鈴廊下番らしき女中が控えていた。

そしてお鈴廊下番たちは背を向けて壁を向き、見て見ぬ振りをしていた。

「…………」

良衛も無言で走り抜けた。

「遅い」

中奥側には柳沢吉保が待っていた。

「申しわけございませぬ。お詫《わ》びと詳細は後ほど」

「うむ。付いて参れ」

首肯した柳沢吉保が、先に立った。

「よいか、ここから先は他言無用である」

歩きながら柳沢吉保が釘を刺した。

お鈴廊下を出て、柳沢吉保は御駕籠《おかご》部屋を突っ切り、さらに溜と呼ばれる空き部屋も横切って真っ直ぐ進んだ。

「……ごくっ」

どう考えても御座の間への経路ではない。良衛は息を呑んだ。

「上様」

溜を出た正面の小部屋前で柳沢吉保が膝を突いた。

「…………」

あわてて良衛も倣う。

「よい」

なかから綱吉の声が聞こえた。

「御免」

柳沢吉保が小部屋の襖《ふすま》を開け、膝でなかへ入った。

「…………」

良衛も従って、部屋に入ったがその狭さに目を剝いた。

四畳半ほどしかない小部屋の奥に綱吉が座っていた。

「ここは……」

思わず良衛は疑問を漏らしてしまった。

「通称楓の間《かえでま》、正式には御用の間という」

綱吉が続けた。

「将軍が政について沈思黙考をするための場所であり、ここには過去の将軍たちが苦吟した案件の書付、決裁の下書きなどが保存されている」

ちらと綱吉が壁際に置かれている黒漆塗りの簞笥《たんす》を見た。簞笥の引き出しにはすべて大きな鍵穴《かぎあな》があり、簡単に開けられないようになっていた。

「幕政の秘事……」

「そうじゃ。ここは厳に秘され、老中でも入室はできぬ。江戸城の普請図には菊ノ茶屋と記されており、ここが御用の間だとは普請奉行でさえ知らぬ。ただ、躬の許した小姓頭取だけが足を踏み入れられる隠し部屋じゃ」

啞然《あぜん》とした良衛に綱吉が説明してくれた。

「そのような畏れ多いところにわたくしが……」

良衛が震えた。

「つまり、そなたは吾と同じく、上様の御信任を得たということだ」

柳沢吉保が止《とど》めを刺した。

「………」

「いや、一蓮托生《いちれんたくしょう》になったと言うべきじゃの」

絶句した良衛に綱吉が口の端を吊りあげた。

「さあ、申せ。あまりときはないぞ」

「……はい」

促されて良衛は渇いた口のなかを湿すように唾《つば》を吞んだ。

「ことは上様のお食事の味付けが異常であったことに端を発しまする」

良衛が語り始めた。

「それを台所役人はおろか、奥医師方もおかしくは考えておられぬ。これはあり得ませぬ。そこで調べましたら、上様がまだ館林のお館《やかた》におられるときからの申し継ぎだとわかりました」

「躬の身体はそのころから蝕《むしば》まれていたというのじゃな」

「はい」

良衛が断定した。

「……小姓番であったゆえに気づかなんだ」

身のまわりのことをする小納戸であれば毒味もするが、小姓番は警固が任である。

柳沢吉保が唇を噛《か》んだ。

「悔やむのは後にいたせ」

綱吉が柳沢吉保を窘《たしな》めた。

「申しわけございませぬ」

柳沢吉保が詫びを口にした。

「矢切、続けよ」

「はっ。気になりましたので館林から上様に従ってきた台所役人を調べましたところ、二人とも身分をこえた異例の出世を遂げ、江戸を離れているとわかりましてございまする」

「出羽守……」

「矢切からの報告を受けて、江戸への出頭を命じておりますが……」

「まだ連絡がないと」

「おそらく口を封じられたものと思われまする」

「後手じゃの」

綱吉が嘆息した。

「だが、その口封じを命じた者がおる。そうだな、矢切」

「おそらく、そやつであろうと思われる人物と昨日邂逅《かいこう》いたしましてございまする」

確認した綱吉に良衛は答えた。

「昨日……」

良衛は中根新三郎との遣《や》り取りを詳細に述べた。

「中根……躬に思いあたる者がおる」

聞き終わった綱吉が言った。

「中根壱岐守《いきのかみ》でございまするな」

柳沢吉保が応じた。

「そうじゃ。中根という名前の旗本は少ない。そのなかで民の配下を持つ者といえば中根壱岐守のかかわりしかおらぬ」

「…………」

そのあたりの事情を知らない良衛は困惑していた。

「そうか、そなたは知らぬで当然じゃな。中根壱岐守というのは、躬が父家光さまのお側を務めた旗本での、天草《あまくさ》の乱のおりに遠くて手に入らなかった推移を漂泊の民を使って手に入れたのじゃ。その功績をもって漂泊の民たちを配下に組み入れられ、五千石という高禄を与えられた。もちろん中根壱岐守は死んでおるぞ、とうにな。潰れたとは聞かぬゆえ、今でも続いておるだろうが」

綱吉が大幅に端折《はしょ》って説明した。

「家光さまのご恩を蒙った中根さまがなぜ……」

「しばし、待て」

首をかしげた良衛を綱吉が手で制止し、懐から鍵を出した。

「出羽守、その箪笥の二段目右が家光さまのころのご記録じゃ。調べてみよ」

「はっ」

鍵を受け取った柳沢吉保が箪笥を開けた。

「話を続けよ」

柳沢吉保が探し出すのを待つ暇はないと綱吉が良衛を急《せ》かした。

「中根の話は一度おきまして……春日局《かすがのつぼね》さまのお話になりまする。上様はご存じでございましょう」

「局のことは散々聞かされてきたからの。父への献身振りをな」

綱吉が苦笑した。

「たしか、春日局は父が生まれた慶長《けいちょう》九年（一六〇四）に乳母《うば》として奉公にあがったはずじゃ」

「ご無礼を申しあげても」

思い出した綱吉へ良衛が願った。

「ここでの話は、外に漏れぬ。なにを申してもよい。躬は真実を知りたいのじゃ」

良衛に向かって綱吉がうなずいた。

「春日局さまは家光さまの乳母としてご奉公なさった。それを認めるといたしまして、乳母を公募などいたしましょうや」

「これからの将軍は武家の荒々しい血ではなく、公家《くげ》のように穏やかに天下を治めていかねばならぬと二代秀忠さまがお考えになられ、都人の乳母を探されたが、皆関東へ下向するのを嫌がり、誰も名乗り出なかったため、やむなく粟田口《あわたぐち》に高札を立てて募集し、それに春日局が応じられたはず」

良衛の疑問に綱吉は伝えられていることを口にした。

「慶長九年とは、天下分け目の関ヶ原から四年、まだ大坂《おおさか》に豊臣《とよとみ》家は健在、九州《きゅうしゅう》の島津《しまづ》、仙台《せんだい》の伊達《だて》、加賀《かが》の前田《まえだ》など外様《とざま》大大名の去就明らかでないころでございまする。徳川の天下が固まってもいないときに、雅《みやび》な将軍などとお考えになりましょうや」

「もう豊臣を初め、外様どもなど敵ではなかったからではないか」

「では、なぜ公募なのでございましょう。公募では誰が来るかわかりませぬ。それこそ、庶民が名乗り出てもおかしくはないのでございまする。将軍になられるお方に、庶民の乳母が許されましょうか」

「それはないの。公募とはいえ誰でも良いわけではなかったのだ。ちゃんと履歴は調べたはずじゃ」

綱吉が首を左右に振った。

「では、春日局さま以外の者もいたと」

「いや、それは聞いておらぬ。出羽、それも探せ」

「はっ」

書付を探っている柳沢吉保に綱吉が追加した。

「出自を調べたとあれば、春日局さまは決して認められぬはずでございまする」

「……本能寺《ほんのうじ》の変か」

良衛の言葉に綱吉が苦い顔をした。

「天正《てんしょう》十年（一五八二）、京《きょう》の本能寺に滞在しておられた織田信長《おだのぶなが》公を家臣の明智《あけち》光秀《みつひで》が襲った。古今最大の謀叛、その陣中に春日局の父斎藤内蔵助《さいとうくらのすけ》はいた。いや、明智光秀に与力していた斎藤内蔵助の軍勢が本能寺を攻撃した。いわば、斎藤内蔵助が謀叛の実行者でございまする。斎藤内蔵助は天下の大罪人として豊臣秀吉《ひでよし》公によって捕らえられ、六条河原《ろくじょうがわら》で斬首《ざんしゅ》となり、その首は本能寺の焼け跡に晒《さら》された」

本能寺の変は天下の武士たちの知るところである。良衛も古老から聞かされて詳細を覚えていた。

「その謀叛人の娘の乳を将軍となられる家光さまにさしあげるなど、あり得ませぬ」

「……そうだな。出羽、見つけたか」

綱吉が姿勢を正した柳沢吉保に気づいた。

「ございました。中根壱岐守さまの系譜と春日局さまの系譜でございまする」

柳沢吉保が首肯した。

「まず、春日局のほうからじゃ」

探した順番を逆にすると綱吉が指示した。

「春日局が乳母となったときのことがあるか」

「……ございまする」

「いつお抱えになった、他に候補はいなかったのか」

綱吉が問うた。

「……ございませぬ。他の候補があったかどうかも、春日局さまがご奉公にあがった日も記載されておりませぬ」

「ないだと。日が記録されていないなど……まあいい。そのときのことで他にはなにかあるか」

「ございまする。春日局さまを乳母として召し抱えることを秀忠さまの正室お江与《えよ》の方さまが反対なさっておられまする。謀叛人の娘を乳母にするなど論外だと」

「やはり……で、それは誰が却下なされた」

「……秀忠さまもお江与の方さまに同意なされていたようでございますが」

確認を求めた綱吉に、柳沢吉保が書付から見られる事実を答えた。

「秀忠さまの反対を潰せるとなれば……」

綱吉が眉間《みけん》にしわを寄せた。

「家康さま」

良衛が思わず言ってしまった。

「これっ」

「よい。かまわぬと躬が認めたのだ。ここでの咎め立ては禁じる」

叱った柳沢吉保を綱吉が制した。

「家康さまが春日局さまをお連れになったと考えるべきでは」

「粟田口での公募は形だけだったと」

良衛の意見に綱吉が応じた。

「そうであれば他の公募に応じた者の記録がないことや日付けが記載されていないこともつじつまが合いましょう」

「なんのためにじゃ」

「上様、春日局さまが乳母に選ばれたということは、直前に子を産んでおられるはず。乳母はお乳をさしあげるのが仕事でございまする」

「出羽守」

「しばし……春日局さまは慶長八年に後の稲葉《いなば》正利《まさとし》どのを生んでおられまする。月日は記録されておりませぬ」

柳沢吉保が答えた。

「家光さまのお生まれは慶長九年七月十七日。伝に従えば、当初京洛《きょうらく》で乳母を探し見つからなかったから公募という形を取り、召し抱えた」

「一ヵ月やそこらではないな」

「そこまで乳が出るのか」

綱吉と柳沢吉保が良衛を見た。

「ずっと赤子に乳を与えていれば、一年でも出ましょう。ですが、乳を断てば数ヵ月と持ちませぬ」

「それはおかしゅうござる」

「どうした、出羽」

声を出した柳沢吉保に綱吉が怪訝な顔をした。

「春日局さまの伝によれば、局さまは稲葉正利どのを生んですぐに稲葉家を離縁、出奔なされておられまする」

「なんだと」

綱吉が驚いた。

「……まさか」

「どうした、矢切」

顔色を変えた良衛に綱吉が問うた。

「出羽守さま、お江与の方さまは家光さまの前にお子を生まれておられますや」

「……伝によると……お江与の方さまは慶長七年七月九日に初《はつ》姫さまを伏見《ふしみ》にてご出産なされておられる」

「伏見で……お江与の方さまの記録は……」

「探せ、出羽」

「ただちに」

ふたたび柳沢吉保が簞笥を漁《あさ》った。

待つほどもなく柳沢吉保が見つけ出した。

「……これでござる」

「秀忠さまのもとへ輿《こし》入れなされてからのことをお願いいたしまする」

「読め」

良衛では柳沢吉保へ指示が出せない。良衛は綱吉に頼み、綱吉が命じた。

「文禄《ぶんろく》四年（一五九五）九月十七日伏見城へご入輿《じゅよ》、慶長十八年（一六一三）江戸へお入り、家光公及御子数多生ませ給う」

「秀忠さまのお記録の内、慶長七年九月以降のものを」

「……急げ」

良衛の言いたいことを理解したのか、綱吉の表情が強ばった。

「……読みあげまする。慶長六年四月江戸へ還御、慶長九年四月ご入洛《じゅらく》……そんな」

柳沢吉保も蒼白《そうはく》になった。

「…………」

綱吉も絶句していた。

「慶長六年四月から慶長九年四月まで江戸で過ごされた秀忠さまは、その間伏見におられたお江与の方を孕ませることはできませぬ。この記録が正しいのであれば、少なくともお江与の方さまは初姫さま、家光さまを産んでおられない。あるいはお胤が秀忠さまではない」

良衛が小声で告げた。

「馬鹿な……」

「そんなことがあるものか」

綱吉と柳沢吉保が呆然《ぼうぜん》とした。

「……あっ」

不意に良衛が思い出した。

「どうした」

喰い付くように綱吉が良衛を見た。

「大奥で春日局さまの部屋子をしていた中臈が申しておりました。家光さまが死の床に瀕《ひん》していた春日局さまに母上と呼びかけたと」

「なんだと。その中臈は誰じゃ」

「仏間の中臈市川《いちかわ》と申しましてございまする。お伝の方さまもその場にお出《い》でてございました」

「出羽、市川をこれへ」

「はっ」

柳沢吉保が駆け出していった。

「春日局を父の乳母に押しつけたのが家康さま。そして父が春日局を母上と呼んだ。それに対し、秀忠さまとお江与の方は春日局の乳母就任を拒んだ」

綱吉がなんとも言えない顔をした。

「そういえば、中根のことを忘れておった。矢切、読め」

「はっ……中根壱岐守さまは二代秀忠さまに召し出され、小姓に列し、のち大番に移っておりまする」

「中根の家は譜代か」

「となっておりまするが……壱岐守さまの父市右衛門《いちえもん》さまの項目に疑義が付いておりまする」

「疑義だと」

「はい。壱岐守さまより遡れるのは三代なのでございますが、その三代とも壱岐守さまの実家近藤《こんどう》家のものとあり、中根の系譜はないと。ですが、中根壱岐守さまの項には近藤の文字も養子との記述もございませぬ」

良衛が驚いた。

幕臣はその系譜を明らかにするため、幕府へ届け出るときに養子については記載が義務づけられている。源氏《げんじ》の出だとか藤原《ふじわら》の子孫だとかいうような先祖の話はかなり疑わしいが、徳川家が天下を取ってからの系譜は厳格な定めに沿っているはずであった。

「近藤家の家譜は……ないな。中根のものになっているのだからな」

言いかけた綱吉が首を左右に振った。

「中根は何者かわからぬ。そのような者が父の側役にまでのぼる。あり得てよい話ではない。壱岐守は父のもとで何役を務めていた」

「寛永《かんえい》九年（一六三二）に大番から小納戸《こなんど》へ転じておりまする」

「なにっ。寛永九年といえば秀忠さまがお亡くなりになった年ぞ」

綱吉が驚愕《きょうがく》した。

「小納戸はお側にあり身のまわりのお世話をするお役目。気働きができねばならぬが大番からの転出は珍しい」

大番は徳川が戦をするときの主力となる番方であり、役方になる小納戸とは性格がまるきり違った。

「秀忠さまのご手配……」

「…………」

ちらと見た綱吉に良衛は無言を通した。

「出自も明らかでない者を父の側に配する意味はなんだ」

綱吉が疑問を呈した。

「上様」

息も荒く柳沢吉保が御用の間に戻って来た。

「どうであった」

「昨日のうちに出家届を出し、大奥からさがったそうでございまする」

柳沢吉保が答えた。

大奥は終生奉公とされている。お末《すえ》などの目見え以下の女中には宿下がりも認められているが、目見え以上となれば家督相続でもなければ生涯を大奥で過ごす。ただ、そんな終生奉公から逃げる手が一つあった。俗世との縁を切る出家であった。

「出家だと。どこの寺じゃ」

「麟祥院天沢寺《りんしょういんてんたくじ》との届けが出ておるそうでございまする」

訊《き》いた綱吉に柳沢吉保が報告した。

「……麟祥院天沢寺だと。それは春日局の菩提寺《ぼだいじ》ではないか」

綱吉が驚愕した。

「…………」

一同が声を失った。

「……矢切」

「はい」

綱吉に呼ばれた良衛が両手を突いた。

「他になにがある。隠すことなく申せ」

険しい声で綱吉が命じた。

「……そういえば、中根が配下に向かって、徳川の正統を守るためと口にいたしておりました」

「徳川の正統を守る……か」

良衛の言葉に綱吉が息を大きく吐いた。

「そういうことであったのか」

「上様」

一人納得をした綱吉に柳沢吉保が顔を上げた。

「まだ躬が幼かったころのことじゃ。一度だけ父が肌身外さず身につけておられた守り袋のなかを見せてくださったことがある。そこにはな、父の手蹟《しゅせき》でこう書かれていた。二世権現、二世将軍とな」

「二世……家光さまは三世のはず……」

良衛が唾を呑んだ。

「わかったであろう」

「どうぞ、どうぞ、それ以上はお止めくださいませ」

結論を言おうとした綱吉に、良衛は聞きたくはないと願った。

「許さぬ。このような重いこと、躬だけで支えられるか。出羽と矢切、そなたたちも担え」

冷たく綱吉が拒んだ。

「父は家康さまと春日局さまの子であったのだ」

綱吉が祖母とわかったからか春日局に敬称を付けた。

「どういう経緯で家康さまと春日局さまが出会ったのかはわからぬ。一つ思いあたらぬでもないが、これについては口にするな。いや、考えることもしてはならぬ。よいな」

「……はい」

「もちろんでございまする」

釘を刺した綱吉に柳沢吉保と良衛が従った。もちろん、それが本能寺の変と二人とも気づいていたが、口にすることはしなかった。

「家康さまと春日局さまの間に子ができた。慶長九年のことといえば、家康さまは六十三歳じゃ、あまり褒められたことではないが、その前年に水戸《みと》の徳川頼房《よりふさ》さまを産ませておられる。今更気にせずともよいはずだ。だが、それを秀忠の子としなければならなかったのはなぜか」

綱吉が秀忠を呼び捨てた。

「慶長八年、家康さまは征夷大将軍《せいいたいしょうぐん》となった。武家の頂点に立たれたのだ。その将軍が謀叛人の娘に手をつけ、子を産ませたのはまずい。徳川の天下に明智光秀、斎藤内蔵助ら謀叛人の子孫がいてはならぬのだ。それも将軍の息子とするわけにはいかぬ。かといって春日局さまから子を取りあげるのも忍びなかったのであろうな。家康さまは晩年の子らに甘くなっておられた」

綱吉が息を継いだ。

「徳川の名跡を許されたのが九男尾張《おわり》徳川義直《よしなお》さま以降であったのが、その証拠だ」

そのまま綱吉が続けた。

「春日局さまの子ではないが、そのまま育てさせるにはどうするか。乳母とするのがもっともよい。さらに万一にでも家康さまの子だとわからぬよう、父を秀忠と江与の子とした」

「つじつまの合わぬ乳母公募もそのため……」

柳沢吉保が呟《つぶや》いた。

「こう考えれば、秀忠と江与が忠長を溺愛し、三代将軍にしたがったのも当然であろう」

「はい」

「わかりまする」

問うような綱吉に二人がうなずいた。

「家康さまが父を三代将軍とした理由もな」

綱吉が二人を見た。

「秀忠にしてみればたまらなかったろう。将軍位を譲られたとはいえ、次代は吾が子にない。かといって父のことを公表するわけにはいかぬ。徳川の名前にかかわるからの。我慢をして将軍位を父に譲り、忠長を駿河《するが》に封じた。徳川に縁の深いうえ、駿河は温暖、物成りはいい。五十五万石とはいいながら実際は百万石をゆうにこえている。幸い、父は女嫌いで子がおらぬ。このままいけば忠長あるいけ、その子が四代将軍となれるやも知れぬ。だが、その望みも父が断った。忠長を謀叛で咎め、所領を没収した。謀叛の罪に問われた忠長の血筋に将軍となる目はなくなった。それで秀忠が切れたのだろう。なんとしてでも父の血を絶やすと」

綱吉が語った。

「上様、家光さまは春日局さまが母だと最初からご存じだったのでございましょうや」

良衛が質問した。

「いや、子供だといつ不用意な発言をするかわからぬ。おそらく父が春日局さまこそ実母と知ったのは、少なくとも秀忠が死んでからだろう。でなければ、母と思っている江与に絶望して女嫌いにもなるまいし、いかに乳母の願いとはいえ、男にしか興味のなかった父が女を抱くとは思えぬ。母に孫を見せてくれと泣きつかれたから辛抱したのだろうよ」

「中根壱岐守は秀忠さまの刺客であったと」

「であろうな」

確認した柳沢吉保に綱吉が首肯した。

「秀忠さまの意を受けた者どもが、家光さま、家綱《いえつな》さま、綱重《つなしげ》さま、そして上様のお命を縮めようと」

「迂遠《うえん》な手ではあるが、将軍、その兄弟が続けて刃傷沙汰《ざた》で死んでみろ。目付《めつけ》たちが黙っておらぬ。裏にあるものに気づかれては家康公の名前はもちろん、徳川の権威は崩れる。決して表に出ぬ手法しか採れなかった。だが、効果はあった。兄家綱、綱重、おそらく徳松もこれで殺された」

綱吉が歯を食いしばった。

「中根家をいかがなさいまする。弟がおると申しておりました」

良衛が尋ねた。

「放っておく。兄がしくじったと知ってどうするか見物《みもの》じゃ。それにこれを表沙汰にはできぬからな。辛抱せねばなるまい」

「…………」

辛《つら》そうに頬をゆがめた綱吉に、柳沢吉保も良衛もなにも言えなかった。

「矢切、よくしてのけた」

「……いいえ」

褒められることではないと良衛は首を左右に振った。

「褒美を取らすと言うてやりたいが、ことを公《おおや》けにできぬ。寄合医師で辛抱せい」

「それも……」

「寄合医師までじゃ」

辞退しようとした良衛を綱吉が遮った。

「奥医師にはせぬ。奥医師は合議をして躬の身体を診る。それがなんの意味もないことを躬は知った。ゆえに、そなたを奥医師にはせず、呼びだしに応じて登城する寄合医師とするのだ。一人で躬を、御台所を、伝を診て、適切と思う処置をいたせ。

その代わり、そなたが求める医術書、薬草、道具などは望みどおり与える」

「かたじけのうございまする」

寄合医師は研鑽の場でもある。幕府の金で長崎《ながさき》に学術書などを注文できると良衛は喜んだ。

「出羽、矢切。今日のことはこの部屋を出たら忘れよ」

「はい」

「承知いたしましてございまする」

念を押した綱吉に柳沢吉保と良衛が平伏した。

「先に出よ、矢切。そなたは大奥を通って戻らねばなるまい。伝には躬が伝えるゆえ、そのまま下城いたせ」

「はっ」

綱吉に言われて良衛が御用の間を去った。

「上様、よろしいのでございますか」

柳沢吉保が良衛の出ていった襖に目をやった。

「躬に信用できる医師はあやつしかおらぬ。奥医師が役に立たぬ今、あやつの代わりはないのだ。中根だけが秀忠の手だとは限らぬのだぞ」

柳沢吉保が言外に含めた口封じを綱吉が禁じた。

「申しわけございませぬ。思慮が足りませんでした」

「他の者にも釘を刺しておけ。矢切への手出しは躬への反抗と同じであるとな」

綱吉が厳命した。

「では、典薬頭にそのように伝えまする」

御広敷番医師から寄合医師へは出世になる。当然医師の触頭《ふれがしら》である典薬頭には最初に告示されることになる。

「将軍という地位を求めて一族が争う。徳川が続く限り、治らぬ病じゃの」

綱吉が瞑目《めいもく》した。

終　章

良衛《りょうえい》の出世は典薬頭《てんやくのかみ》二人だけでなく、奥医師たちにも衝撃を与えた。

「上様のお気に召したゆえをもって、矢切《やきり》良衛を寄合医師とし、登城、大奥出入り勝手を許す」

寄合医師は専門分野の治療が将軍、その家族に要ると認められたとき、奥医師の進言を受けて脈を取る。その慣例を柳沢吉保《やなぎさわよしやす》は綱吉《つなよし》の指示であるとして破った。

「それは……」

「上意である」

抗弁しようとした半井出雲守《なからいいずものかみ》を柳沢吉保が抑えこんだ。

「ですが、それではわたくしどもの……」

「不満があるならば、職を辞せ」

まだ言い募ろうとした半井出雲守に柳沢吉保が厳しい目を向けた。

「御上が知らぬと思うな」

「……………」

あえてなにとは言わず、柳沢吉保が半井出雲守を脅した。

「承りましてございまする」

黙った半井出雲守に代わって今大路《いまおおじ》兵部大輔《ひょうぶだゆう》が受けた。

「ちなみに、矢切は寄合医師止まりとなし、奥医師にはせぬとのご諚《じょう》である。もちろん典薬頭になることもない」

「はっ」

今大路兵部大輔が安堵《あんど》した。

「ただちに矢切への手出しを止めよ」

あわてて屋敷へ帰った半井出雲守が真田《さなだ》に命じた。

「上様のお怒りを買う」

「わ、わかりましてございまする」

将軍の名前を出された真田が顔色を失い、大急ぎで日本堤《にほんづつみ》の峯吉《みねきち》を吉原《よしわら》に呼び出した。

「金は返さずともよい。医者には触れるな」

「それはありがたいことで」

幕府医師を襲うのは危険を伴う。無頼同士の抗争ならば町奉行所も代官所もよほど派手にしないかぎり傍観してくれる。

「安心して深川《ふかがわ》をやれます。また、なにかあればお申し付けくださいやし。融通は利かせやすよ。そのうち吉原を手に入れたおりは、真田さまの寝床に太夫を並べてご覧に入れやしょう」

峯吉は喜んで良衛の襲撃を中止したが、二度目の会談は用心していた吉原会所《かいしょ》の盗み聞くところとなり、大門《おおもん》を出たところで男衆の手によって殺された。

寄合医師となっても良衛の日常は変わらなかった。

「まだ子はできぬか」

「お身体はお健やかなのでございますが……」

お伝の方の診察は続けている。

「お脈を拝見いたしまする」

変わったのは五日に一度、綱吉の状態を確認するようになった。

「かなりお顔の色もよろしく、脈も落ち着いておられまする」

当番の奥医師が悔しげににらむなか、良衛が診察を終えた。

「うむ」

良衛の診断に綱吉が満足げにうなずいた。

「食事が味気がない、もう少しなんとかならぬか」

慣れ親しんだ味付けを急に薄くされた綱吉が不満を漏らした。

「ご辛抱をくださいませ。勝つためでございまする」

「……であったの」

秀忠の陰謀を破るのは、綱吉が長生きすることだと暗に言った良衛に綱吉が引いた。

「では、これにて」

綱吉の前をさがった良衛は、その足で下城した。わざわざ医師溜《だまり》に顔を出して、奥医師たちの嫌味を聞く気はない。

「今日は陣左衛門《じんざえもん》どのと脇屋《わきや》どのと須田《すだ》どのがお出《い》でになるはずじゃ。仙台屋《せんだいや》どのと津田屋《つだや》どのに往診へ行かねばならぬか」

江戸城大手門《おおてもん》を出た良衛が今日の予定を確認した。寄合医師になったことで患者の数はさらに増えていた。

「そうじゃ、出羽守《でわのかみ》さまへお願いして長崎《ながさき》に新しい医学書が届いておらぬかどうかを調べていただかねばの。なんとかもう一度長崎へ行きたいが、それは無理だろうな」

良衛がふと足を止めた。

「遠くなったの、表御番医師《おもてごばんいし》であったころが……今、どうしておるのか、美絵《みえ》どのは。お健やかであれば……いや、もう過ぎたことだ」

胸に浮かんだ儚《はかな》げな面影を良衛はそっと心の底へと沈めた。

あとがき

表御番医師診療禄の最終巻『不治』をお届けします。平成二十五年の二月に第一巻『切開』を上梓《じょうし》いたしましてから六年、十三冊で終幕となりました。ここまで続けさせていただくことができましたのは、偏《ひとえ》に読者さまのお陰でございます。深く、深く感謝いたしております。

私事ですが、シリーズを開始しましたころ、わたくしはまだ歯科医院を開業しておりました。その後、体調を崩したこともあって歯科医業をあきらめ、作家専業に転じました。シリーズの最中に、実際に患者さまを拝診するという臨床から、離れたことになります。境目は第四巻『悪血』と第五巻『摘出』にあたります。

自分で読み返してもそこに変化は感じられませんが、読者さまはいかがご覧でしょうか。やはり変わったとお見抜きなのかも知れません。

このシリーズをさせていただいて思ったのは、医者とはどうあるべきかでした。

ご存じの方もおられるでしょうが、わたくしの母は内科医の開業医でありました。戦中の東京で医学を学び、空襲が激しくなったとの理由で一年繰り上げ卒業をし、大阪の大学病院で研修中に終戦を迎えました。

戦争というのは、とてつもない被害をもたらします。数えきれない有為《ゆうい》な人材を失いました。

そのなかに医師も含まれました。軍医として戦地へ赴かれた方の多くが内地へ戻られることとなく亡くなられた結果、国内が深刻な医者不足に陥りました。

終戦後、当時としては珍しい恋愛結婚を果たした母は当初、医者を辞めて家庭に入るつもりだったといいます。しかし、世間の事情がそれを許しませんでした。

母は新婚半年も経たないうちに開業することになり、その後、兄とわたくしを出産してもほとんど休まず診療を続けました。兄にいたっては、自分の診療室で知り合いの産科医師に手伝いを願って産みました。

もちろん、弟のわたくしはそのあたりのことを知りません。本人から聞いた話です。

でも、わたくしも見ておりました。毎日朝から夜まで診療し、深夜であろうが、日曜であろうが急患とあれば往診に出かけていた母の姿を。

じつに六十一年間、心筋梗塞《しんきんこうそく》で倒れるまで母は診療を続けました。二度目の発作が出たとき、わたくしが強く願って引退をさせました。

その最後の診療の日、長く来ていただいた患者さん、親子三代にわたってお付き合いくださった患者さんたちが花束を持って訪れてくださいました。なかには母が仲人をした方もおられました。

診察時間を大幅にこえて母は患者さんと対話し、本当にうれしそうでした。

昭和の医者と患者さんというのは、こうだったとわたくしは思います。

平成になって医術は大きく進歩いたしました。iPSだ、ESだとかいう再生医療の実現も夢ではなくなりました。不治の病はまだありますが、確実に減ってきております。

素晴らしいことですが、その分、医者の細分化がなされています。血圧は診るが、糖尿は別だとか、呼吸器は専門だが、循環器はわからないので、他へ行ってくれとかが当たり前になってきております。

当然といえば当然でしょうし、患者さんにもメリットは多いです。得意でない疾患に手出しされるよりは、専門家にお願いしたほうが安心なのは言うまでもありません。

ですが、その分、医者と患者さんの距離は遠くなっていないでしょうか。

さすがに見合いの相手を探してくれというのはどうかと思いますが、いろいろな相談に乗ってくださるかかりつけ医師の存在も必要です。

しっかり患者さんのことを把握しているかかりつけ医師がいれば、何ヵ所もの病院で同じ効能の薬をもらうことも減るでしょうし、体質の把握もできて予防にもなる。医者の世界の言葉にムンテラというのがあります。ムントテラピーというドイツ語の短縮で、口で治療するという意味です。信用している医師から「大丈夫だ」と言われるだけで、よくなった気がする。これは実際に証明もされています。

さすがに「病は気から」とすべてが治るわけではありませんが。

手当という言葉があるように、医者は患者さんと手を取り合って欲しい。

近い将来、ロボットによる診療、手術が普及するでしょう。そこに人間関係はありません。労働基準法が適応されない医師、看護師の負担は大きく、適切な医療を維持するにはこれを軽減しなければなりません。医師も看護師も人間です。無理はどこかできかなくなります。それを助けるための進歩を否定はできませんし、現在の長寿を支えてきたのが医術の進歩と医師たちの努力であることはまちがいありません。

江戸時代は医術などといえるものではありませんでした。資料によると平均寿命は五十歳に満たなかったとあります。昨日まで大工だった者が今日から頭を丸めて医者でございが許されました。（一部の地方では、藩校で医学を学ばなければ医業を認めないというところもありましたが）

ただ、人と人の触れあいはあったはずです。

子供のころ、痛いお腹に、熱い額に、母が当ててくれた手のやさしさ。とてもわたくしの作品では雰囲気をかもしだせませんでしたが、最終巻を書き終えた今、それを思い出しています。

お読みいただき、ありがとうございました。

また、新しい物語でお目にかかります。そのときもよろしくお願いします。

皆さまのご健康を心よりお祈りしております。

平成三十年十二月　年末の一夜に

上田秀人　拝

解説

細谷《ほそや》正充《まさみつ》（文芸評論家）

ああ、なんということだ。上田秀人《うえだひでと》の「表御番医師診療禄」シリーズが、第十三弾となる本書で、ついに完結してしまった。適度な長さでシリーズを完結させることが、作者の美点だと分かっている。分かっているが、これで矢切良衛《やきりりようえい》の活躍が見納めかと思えば、寂しくてならないのだ。しかし泣き言をいっても無駄なこと。このシリーズがどれほど面白かったかを伝えて、別れの挨拶《あいさつ》としよう。

まずシリーズの全体像を振り返ってみたい。主人公は、表御番《おもてごばん》医師として、江戸城中で診療をしている矢切良衛。幕府典薬頭《てんやくのかみ》の今大路兵部大輔《いまおおじひようぶだゆう》が、その才能を見込んで娘婿として取り込んだ、外道医（外科医）である。

徳川《とくがわ》五代将軍綱吉《つなよし》の治世。江戸城内で大老の堀田正俊《ほったまさとし》が若年寄の稲葉正休《いなばまさやす》に斬殺《ざんさつ》された一件に不審を抱いた良衛は、真相追求のために動き始める。これにより陰謀に巻き込まれ、命を狙われた良衛だが、医師の知識と代々受け継いできた戦場剣法を組み合わせ、相手の急所を狙う独自の剣によって斬り抜けた。そして騒動は落着したのだが、幕閣の権力者から、その能力に目を付けられるのだった。というのが第一弾『切開』及び第二弾『縫合』の粗筋だ。ここまでがプロローグといっていいだろう。

以後、医師としての強い信念を持ちながら、権力者の走狗《そうく》にならざるを得なかった良衛は、大奥を巡る陰謀でも活躍。褒美として綱吉から長崎《ながさき》遊学を許される。しかし西への旅路や長崎でも騒動は絶えない。ちなみにこの長崎篇を執筆していた頃、作者は地方に注目していた。他のシリーズでも、地方を題材にしたものが見受けられる。作者の関心領域を示すポイントとして指摘しておく。

さて、長崎から戻った良衛は、和蘭陀《オランダ》の産科の秘術を期待され、綱吉直々に、大奥の担当医を命じられる。目的は綱吉の寵姫《ちょうき》であるお伝《でん》の方を懐妊させることである。さまざまな思惑の渦巻く江戸城で、お伝の方の診察を続ける良衛。しかし将軍家の血を絶やそうという何者かの陰謀にかかわり、何度も死闘を繰り広げることになるのだった。

ここまでの流れを受けて、本書では陰謀の全貌《ぜんぼう》が明らかになる。いったいなぜ、将軍家の血を絶やそうという、恐るべき暗躍が長年にわたり続いていたのか。本書の終盤で暴かれた、一連の騒動の原因は、驚くべきものであった。上田作品を読むたびに思ってしまうが、よくもこんなことを考えるものである。シリーズの愛読者も納得の、サプライズが堪能《たんのう》できた。

しかも作者はこの着想を、十全に生かしている。二代将軍秀忠《ひでただ》から五代将軍綱吉まで。徳川家の歴史と突き合わせる形で、巨大な陰謀を創り出したのだ。秘事に秘事が重なり、もうひとつの徳川家の歴史が組み立てられる。その果ての深い闇に、良衛が挑むことになるのだ。これは凄《すご》い。凄すぎる。独創的な着想を基にした歴史の再構築に、興奮せずにはいられない。上田作品の楽しみが、ここに極まっているのだ。

さらにいえば、この陰謀そのものが、作者が一貫して追究しているテーマとなっている。それは〝継承〟である。第十二弾『根源』で、将軍家御台所《みだいどころ》の鷹司信子《たかつかさのぶこ》に「将軍の仕事でもっとも大切なものはなんじゃ」と聞かれた良衛は、

「代を継がれることだと存じあげまする」

と、答えている。自分の血を繋《つな》げたいというのは、生き物の本能であろう。だか

ら子供や孫のために、家を栄えさせようとする。出世を渇望する原因も、煎《せん》じ詰めれば、ここにあるといっていい。上田作品では、主に武士を通じて、それが活写されている。しかし私たちの心のどこかにも、同じ思いがあるのだ。だから作品に熱中できるのである。

もちろん上田作品の魅力である、チャンバラにも抜かりはない。因縁の相手である、中根《なかね》新三郎《しんざぶろう》率いる漂白衆（この中根家と漂白衆の関係だけで、長篇になるだけの設定が使われている。なんという贅沢《ぜいたく》だ！）と、いよいよ雌雄を決するのだ。作者は小冊子「１００冊突破！　上田秀人全作品ブックガイド」に掲載されたインタビューで、良衛のチャンバラについて、

「第六肋骨《ろっこつ》と第七肋骨の間を狙うと心臓が斬れますよとか、左鎖骨部で大動脈弓《だいどうみゃくきゅう》が斬れますよとか。そういうのはこのシリーズならではですね」

と、語っている。そんな医師にして剣豪という良衛のチャンバラに、ワクワクしてしまうのだ。とはいえ太平の世に慣れた漂白衆は、心も腕も錆《さ》びついている。対決シーンが、あっさりしていると思う読者がいるかもしれない。しかしそこに作者

の狙いがある。漂白衆が走狗なら、良衛もまた走狗。だが恩義に縛られ思考停止したままの漂白衆に比べ、良衛は己の意志を持ち、命を賭《か》けてきた。力に差があるのは当然なのだ。その違いから良衛の魅力が、あらためて匂い立つ。本書の対決シーンには、このような意図が込められているのではなかろうか。

なお本書の「あとがき」で作者は、内科医の開業医だった母親の思い出を書いている。もしかしたら、患者のために尽くした昭和の医師である母親の姿も、良衛に投影されているのだろうか。勝手な想像だが、医師としての強い信念を持つ良衛は、作者にとって特別な主人公に思えてならない。

最後に、本書のタイトルについて触れておきたい。シリーズ完結篇のタイトルが『不治』とは、なにやら不穏である。しかしこれは、権力の座を巡る争いが、これからも尽きることがない——すなわち不治の病であることを慨嘆する、終盤の綱吉の言葉に由来している。作者のテーマである〝継承〟の、負の側面を表現しているのと考えれば、味わい深いものがある。

ところで不治の病は、好きな物や趣味などを語るときに使うこともある。ならば上田秀人は、文庫書き下ろし時代小説ファンにとって、不治の病といえるだろう。一冊読み終わって満足しても、すぐに次の作品が読みたくなる。だから本書を堪能しながら、次の新たなシリーズを期待してしまうのである。

本書は書き下ろしです。

表御番医師診療録《おもてごばんいししんりょうろく》13
不治《ふじ》
上田秀人《うえだひでと》

平成31年 2月25日　初版発行

発行者●郡司 聡

発行●株式会社KADOKAWA
〒102-8177　東京都千代田区富士見2-13-3
電話　0570-002-301（ナビダイヤル）

角川文庫 21462

印刷所●株式会社暁印刷
製本所●本間製本株式会社

表紙画●和田三造

ISBN 978-4-04-107779-5　C0193

◇◇◇

角川文庫発刊に際して

角川源義

第二次世界大戦の敗北は、軍事力の敗北であった以上に、私たちの若い文化力の敗退であった。私たちの文化が戦争に対して如何に無力であり、単なるあだ花に過ぎなかったかを、私たちは身を以て体験し痛感した。西洋近代文化の摂取にとって、明治以後八十年の歳月は決して短かすぎたとは言えない。にもかかわらず、近代文化の伝統を確立し、自由な批判と柔軟な良識に富む文化層として自らを形成することに私たちは失敗して来た。そしてこれは、各層への文化の普及滲透を任務とする出版人の責任でもあった。

一九四五年以来、私たちは再び振出しに戻り、第一歩から踏み出すことを余儀なくされた。これは大きな不幸ではあるが、反面、これまでの混沌・未熟・歪曲の中にあった我が国の文化に秩序と確たる基礎を齎らすためには絶好の機会でもある。角川書店は、このような祖国の文化的危機にあたり、微力をも顧みず再建の礎石たるべき抱負と決意とをもって出発したが、ここに創立以来の念願を果すべく角川文庫を発刊する。これまで刊行されたあらゆる全集叢書文庫類の長所と短所とを検討し、古今東西の不朽の典籍を、良心的編集のもとに、廉価に、そして書架にふさわしい美本として、多くのひとびとに提供しようとする。しかし私たちは徒らに百科全書的な知識のジレッタントを作ることを目的とせず、あくまで祖国の文化に秩序と再建への道を示し、この文庫を角川書店の栄ある事業として、今後永久に継続発展せしめ、学芸と教養との殿堂として大成せんことを期したい。多くの読書子の愛情ある忠言と支持とによって、この希望と抱負とを完遂せしめられんことを願う。

一九四九年五月三日

角川文庫ベストセラー

切開
表御番医師診療録1
上田秀人

表御番医師として江戸城下で診療を務める矢切良衛。ある日、大老堀田筑前守正俊が若年寄に殺傷される事件が起こり、不審を抱いた良衛は、大目付の松平対馬守と共に解決に乗り出すが……。

縫合
表御番医師診療録2
上田秀人

表御番医師の矢切良衛は、大老堀田筑前守正俊が斬殺された事件に不審を抱き、真相解明に乗り出すも何者かに襲われてしまう。やがて事件の裏に隠された陰謀が明らかになり……。時代小説シリーズ第二弾！

解毒
表御番医師診療録3
上田秀人

五代将軍綱吉の膳に毒を盛られるも、未遂に終わる。表御番医師の矢切良衛は事件解決に乗り出すが、それを阻むべく良衛は何者かに襲われてしまう……。書き下ろし時代小説シリーズ、第三弾！

悪血
表御番医師診療録4
上田秀人

御広敷に務める伊賀者が大奥で何者かに襲われた。表御番医師の矢切良衛は将軍綱吉から命じられ江戸城中から御広敷に異動し、真相解明のため大奥に乗り込んでいく……書き下ろし時代小説シリーズ、第4弾！

摘出
表御番医師診療録5
上田秀人

将軍綱吉の命により、表御番医師から御広敷番医師に職務を移した矢切良衛は、御広敷伊賀者を襲った者を探るため、大奥での診療を装い、将軍の側室である伝の方へ接触するが……書き下ろし時代小説第5弾。

角川文庫ベストセラー

秋月記　葉室　麟

筑前の小藩、秋月藩で、専横を極める家老への不満が高まっていた。間小四郎は仲間の藩士たちと共に糾弾に立ち上がり、その排除に成功する。が、その背後には本藩・福岡藩の策謀が。武士の矜持を描く時代長編。

散り椿　葉室　麟

かつて一刀流道場四天王の一人と謳われた瓜生新兵衛が帰藩。おりしも扇野藩では藩主代替りを巡り側用人と家老の対立が先鋭化。新兵衛の帰郷は藩内の秘密を白日のもとに曝そうとしていた。感涙長編時代小説！

さわらびの譜　葉室　麟

扇野藩の重臣、有川家の長女・伊也は藩随一の弓上手・樋口清四郎と渡り合うほどの腕前。競い合ううち清四郎に惹かれてゆくが、妹の初音に清四郎との縁談が。くすぶる藩の派閥争いが彼女らを巻き込む。

蒼天見ゆ　葉室　麟

秋月藩士の父、そして母までも斬殺された臼井六郎は、固く仇討ちを誓う。だが武士の世では美風とされた仇討ちが明治に入ると禁じられてしまう。おのれは何をなすべきなのか。六郎が下した決断とは？

天保悪党伝　新装版　藤沢周平

江戸の天保年間、闇に生き、悪に駆ける者たちがいた。御数寄屋坊主、博打好きの御家人、辻斬りの剣客、抜け荷の常習犯、元料理人の悪党、吉原の花魁。6人の悪事最後の相手は御三家水戸藩。連作時代長編。